"파킨슨병"
그 여리고성이 무너지다!

"파킨슨병" 그 여리고성이 무너지다!

초판 1쇄 발행　2024년 11월 1일

지은이 | 서형범
만든이 | 이한나
펴낸이 | 이영규
펴낸곳 | 도서출판 그린아이

등록 연월일 | 2003. 12. 02.
등록 번호 | 제2-3893호
주소 | 서울특별시 은평구 녹번로 6-11, 201호
전화 | 02)355-3035　팩스 | 031)965-4679
이메일 | gmh2269@hanmail.net

ⓒ서형범, 2024

ISBN 979-11-91376-40-1(03810)

"파킨슨병"
그 여리고성이 무너지다!

서형범 지음

그린아이

"나비처럼 날아서 벌처럼 쏜다."

이와 같은 세기의 유행어를 만든 주인공이 누구던가?
복싱계의 전설 "무하마드 알리"—세계 헤비급 챔피언을 세 번이나 차지한 세계 유일의 권투 선수. 통산전적 61전 56승 5패의 대기록 수립. 뛰어난 반사신경과 방어 기술로 세계를 열광시킨 그 사람!

그 무하마드 알리에게 1984년은 최악의 불행을 안겨준 해였다. 당시에는 생전 들어보지도 못하고 알지도 못하는 파킨슨이라는 병에 붙잡힌 것이다. 고개도 어깨도 허리도 꼬부라진 채 총총걸음을 걸으며 온몸을 벌벌 떠는 그 모습은 보는 이로 하여금 경악을 금치 못하게 하는 것이었다.
그렇게 30여 년을 투병하던 알리는 파킨슨병의 공격을 견디지 못하고 2016년 허망하게 세상을 등지고 말았다.

파킨슨병—얼마 전까지만 해도 파킨슨이라는 질병을 일반 사람들은 잘 이해하지 못했으며, 의료계에서도 정확한 원인을 알지 못했다. 그러므로 치료제가 개발되지 못해 불치의 병으로 분류했다. 그리하여 우리나라에서도 산정특례라는 제도를 적용하는 질병으로서 질병분류코드는 G20이다.
그런데 안타깝게도 내가 이 병에 걸렸다! 사탄의 시험인가, 하나님께서 주시는 선의의 연단인가?

내가 이 병에 걸렸을 때만 해도 이 병에 대한 정확한 진단을 못해 대부분 중풍으로만 생각하여 엉뚱한 진료를 받다가, 올바른 약도 한 번 써보지 못하고 이 세상을 떠난 사람들이 얼마나 많았는지 모른다.

물론 나 역시 예외는 아니었다. 무려 3년이라는 시간과 돈을 허비하며 전전긍긍할 수밖에 없었다.

최근에야 이 질병이 노인 100명당 1명의 비율로 확대될 뿐 아니라, 이 질환이 노인병이 아니고 퇴행성 뇌 질환으로 점차 젊은 이들에게도 나타나고 있는 심각한 병이라는 것이 밝혀졌다.

이제까지는 정확한 진단이 어려웠으므로 그 발병률이 적게 나타났지만, 이젠 정확한 진단과 치료제 개발로 환자 수가 점차 늘어나고 있다. 다행스러우면서도 한편으로는 안타까운 일이 아닐 수 없다.

나 자신도 50대에 이 질병이 찾아왔다. 아직은 혈기가 왕성한 나이, 더구나 건강이라면 누구보다도 자신만만하던 내가 이 병에 걸렸다는 사실은 그야말로 하늘이 무너지는 충격이 아닐 수 없었다.

그러나 하나님께서는 나에게 기적을 체험하도록 하셨다. 그것은 세상 사람들이나 신비주의자들이 흔히 말하는 경천동지할 사건이 아니라 믿음과 의료 수준의 발달을 통한 치료의 과정을 직접 체험하게 하신 것이다.

이제 파킨슨병은 병의 파급 속도만 늦출 수 있는 수준이 아니라, 선제적으로 얼마든지 정복할 수 있다는 확신을 가져도 좋은 단계에 이르렀다.

참으로 감사한 것은 이 질병과의 싸움을 통해 하나님께서는 나에게 믿음을 더하셨을 뿐만 아니라 좋은 의료진을 만나게 하셨고 또 현대 최고의 의료 혜택을 받을 수 있도록 길을 열어주신 것이다.

따라서 요즈음은 이 파킨슨병에 관련된 용어도 많이 바뀌었다. 전에는 파킨슨병 환자들이 먹는 약을 '치료제'라고 하지 않았다. 그러나 이젠 똑같은 약임에도 불구하고 '치료제'라는 용어를 사용한다. 그만큼 우리나라 의료진들의 수준이 향상되었고, 또한 치료에 대한 확신이 있음을 증명하는 것이다.

그렇다고 하여 파킨슨병을 가볍게 보면 안 된다. 파킨슨병은 아직 완전히 정복된 것이 아니기 때문이다.

나는 하나님께 대한 믿음과, 좋은 의료진을 만난 덕분에 파킨슨병과의 전투에서 승리할 수 있었다. 아직 완쾌 단계에 이르지는 못했지만 뇌심부자극술을 받은 지 1년이 지났다. 전에는 도파민제 1,250mg을 복용했지만, 지금은 명도파 25/100mg을 반으로 나누어 아침, 점심, 저녁, 밤으로 네 번 200mg을 복용하고 있다. 몸에 이식된 뇌심부자극기는 L 2.3. R 3.6으로 조절하여 아주 건강한 모습으로 생활하고 있다.

매주 토요일은 충전의 날이라고 명명하여 하루가 시작되면 제일 먼저 몸에 이식된 뇌심부자극기에 전기를 충전하고 있다.

충전된 배터리를 가슴의 이식기에 갖다 대면 자동으로 충전

되고 충전이 완료되면 삐삐 소리를 내며 충전이 다 되었음을 알려준다. 이때 소요 시간은 1시간 가량이다.

나는 이제 하루하루의 삶을 살아내는 것이 아니라, 그 삶을 누리는 자로 변화되고 있다. 참으로 감사한 일이다. 또한 이 질병을 통해서 믿음이 어떠한 것인지 확실하게 체험하기도 했다.

세계의 권투왕 무하마드 알리도 극복하지 못한 파킨슨병을 하나님의 은혜와 탁월한 의료진의 도움으로 나는 극복하여 달려가고 있다. 할렐루야!

이 책은 어떻게 하면 파킨슨병을 극복할 것인가? 그 방법을 기록하기 위해서 쓴 것이다. 여기에 기록된 것은 외통수의 비법이 아니다. 그러나 누가 읽어도 유익하지만, 특히 파킨슨병을 앓고 있는 사람이라면 많은 도움을 얻을 수 있을 것이다. 파킨슨이라는 질병은 그 증상들이 워낙 다양하게 나타나기 때문에 치료법도 다르게 적용되어야 하는 질병이다.

시중에는 이미 많은 책이 나와 있고, 많은 동영상도 있다. 그러나 이 책은 파킨슨병을 직접 앓아본 사람이 기록한 책이므로 파킨슨병을 앓고 있는 이들에게 실제적인 도움이 될 것이기 때문에 참으로 유익할 것이다.

아무쪼록 이 글을 읽는 모든 파킨슨병 환자분들도 하나님의 위로와 능력을 힘입어 나와 같은 치료의 복을 누릴 수 있기를 간절한 마음으로 기도한다.

내 눈에 비친 서형범 목사님은 영적으로나 정신적으로나 육체적으로나 목회자로서 갖추어야 할 덕목을 두루 갖춘 분이다.

1980년대 후반, 목사님이 전라북도 장수읍 노곡교회에 부임할 때 시골 교회 성도들에게 위화감을 줄 수 있음을 고려하여 승용차를 처분하고 부임했다. 그 당시만 해도 승용차가 흔하지 않던 때인지라 시골 오지, 교인이 10명도 되지 않는 교회에서 목사가 승용차를 운용한다면 교회에는 큰 부담이 될 수밖에 없었다.

그 모습을 본 나는 노곡교회에 희망이 있음을 예견했다. 이런 목사님이 시무하는 교회가 부흥하지 못할 리가 없다는 확신 때문이었다.

아니나 다를까! 노곡교회는 활기가 넘쳐났고 교회가 아름답게 성장하기 시작했다. 특히 주일학교가 눈부시게 부흥했고 좋은 소문이 멀리까지 퍼졌다.

그때 마침 내가 시무하는 장수제일교회에서 종탑공사를 했는데 서 목사님은 건축에도 조예가 있을 뿐 아니라 불도저 같은 뚝심으로 공사를 도와서 건축 전문가의 도움 없이도 모든 일을 마무리할 수 있었다.

그러다가 고향인 진주로 가서 전원교회를 개척하고 또 신동교회에 부임하여 교회가 아름답게 성장하고 있을 때, 하나님의 연단인지 사탄의 시샘인지 나는 모르겠다, 아무튼 엄청난 시련이 목사님을 찾아왔다.

파킨슨병―. 목사님이 그 병과 씨름을 시작할 때만 하여도 '파킨슨병'에 대해서 듣도 보도 못한 사람이 많았다. 우리나라에서는 파킨슨병에 대한 예비지식이 거의 없던 때인지라 치료하기가 여간 어려운 일이 아니었다.

그러나 우리의 서 목사님은 이겼다. 하나님의 도우심으로, 믿음으로, 기도로, 의료진의 적극적인 협조로, 이웃의 관심과 기도로 승리했다.

그 기록이 이 책이다. 그러므로 이 책은 누구나 한 번쯤은 읽어볼 가치가 있다고 생각되어 일독을 권한다.

변이주
(목사, 국어학 박사)

차 례

목사가 이런 병에 걸리다니, 쯧쯧!

"(형)범아! 네가 먼저 저 강을 헤엄쳐서 건너야겠다."

"왜요? 저는 헤엄도 개헤엄밖에 모르고 끈기도 부족한데 왜 저에게 먼저 저 강을 건너가라 하십니까?"

"몰라, 어찌하든지 네가 먼저 저 강을 건너야만 하겠다."

2014년 11월 어느 날이었다. 알지도 못하고 느낌으로도 체험하지 못한 괴상한 녀석이 나를 찾아왔다. 녀석은 내 오른 손 약지를 까닥거리며 마음으로만 느낄 수 있는 말을 했다.

왠지 불안하고 이상하다는 생각이 들었다. 그러나 별것 아니겠지 하고 애써 불안한 마음을 가라앉히며 평상심을 유지하려고 애썼다. 하지만 한 달이 지나도 약지를 통한 괴상한 녀석의 인사는 계속되었다.

도대체 이게 무슨 일이지? 왜 이렇게 손가락이 까닥거리지? 무슨 이유로 이런 현상이 일어나는지, 이것이 과연 질병인지, 그렇다면 무슨 병인지, 또 어떻게 하면 치료할 수 있는

지를 알기 위해 이곳저곳을 찾아다니며 많은 애를 썼다.

내가 이 병에 걸릴 때만 해도 정확한 병명도 모른 채, 다만 수전증으로만 알고 이 병으로 말미암아 나타나는 현상, 즉 손 떨림만을 치료하기 위해 소문난 병원이나 한의원 등을 전전하였다.

"수전증인 것 같아요. 약을 처방해 줄 테니까 한 달 후에 오세요."

나를 진찰한 진주 K병원 신경과 담당 의사는 약을 처방해 주었다. 그러나 처방해 준 약을 한 달 동안 먹어도 약지는 날마다 까닥거리며 인사를 했다. 의사는 새로운 약을 처방해 주었다. 그러나 그 역시 별 효과가 없었다.

실망한 나는 이번에는 한의원을 찾아갔다. 한의원 원장은 전기침을 맞아보자며 전기자극기를 연결하여 침을 놓았다. 그러나 증세가 호전되기는커녕 오히려 떨림 현상이 심해지는 것이었다.

나는 다시 H한의원을 찾았다. H한의원에서도 나의 병을 수전증으로 진단했다. 원장은, 수전증은 심장에서 나오는 병이므로 3개월간 심장 강화 침을 맞으면 될 것이라며 오른쪽 엄지발가락을 비롯해 3곳에 침을 놓았다. 그리고 3개월분의 한약도 조제해 주었다.

그러던 어느 날이었다. 수간호사가 나를 불렀다. 원장님이

나를 위해 특별히 약을 조제할 계획인데 먹을 의향이 있느냐
고 하였다.

나는 그 말을 듣고 크게 감동하였다. 나를 위해 특별히 조
제한다니, 참으로 환자를 내 가족처럼 대하는구나!

나는 흔쾌히 먹겠다고 대답했다. 그렇다면 이 약은 카드 결
제가 안 되니까 현금으로 100만 원을 결제하라고 했다.

다음 주 건네주는 황금색 보따리를 들고 집으로 와 펴본 나
는 물밀 듯한 실망감으로 온몸이 떨려옴을 느꼈다. 오직 나를
위해 특별히 조제했다는 그 약은 흔하디흔한 '공진단'이었기
때문이다.

이런 속임수가 잘 통하는지 빌딩을 지어 영업을 확장하는
한의원을 보면서 치솟는 의분을 가라앉히느라고 한동안 애를
써야만 했다.

그중에서도 경북 영천의 어느 한의원을 찾았던 일을 잊지
못한다. 그곳의 원장이라는 분이 "무엇을 하는 분이시냐?"고
물었다.

"저는 교회를 섬기는 목사입니다."

그랬더니 하시는 말씀이 가관이었다.

"그 귀한 일을 하시는 목사님께서 왜 이런 질병에 걸려서
고생하십니까? 목회는 영광스러운 것이요, 날마다 기쁨과 찬
송이 넘치는 직업이지 않습니까? 그런 목사님께서 이런 병에

걸려 찾아오는 것을 보면 저는 이해가 안 됩니다. 쯧쯧쯧….”

나는 병든 것이 죄는 아닌지라 할 말이 너무 많았지만, 의사와 다툴 거라면 차라리 병원문을 박차고 나가는 게 좋을 것이라는 생각이 들었다.

그렇지만 무려 3시간을 넘게 차를 타고 온 것이 의사와 싸우기 위함이 아니기에 꾹 참고 의사의 말을 한쪽 귀로 흘려버리고 말았다.

대신 이 의사에게는 분명히 자신만이 소유하고 있는 특별한 무엇이 있기에 이렇게도 많은 사람이 전국에서 몰려들고 있으려니 하는 생각이 들었고, 또한 이왕 이렇게 먼길을 왔으니 처방한 약을 먹고 낫기만 하면 된다는 생각에 지푸라기도 잡는 심정으로 참고 또 참으면서 진맥을 받았다.

그리고 지어줄 약을 기대하며(한방에서는 직접 약을 주지 않고 그 진맥을 바탕으로 약을 조제하여 달여서 택배로 보내줌) 그 한의원을 나에게 소개하고 또 먼길을 나와 동행해 준 집사님과 함께 돌아왔다.

나중에야 안 일이지만, 이 집사님 역시 파킨슨병을 앓고 있었다. 집사님은 파월 장병으로 월남전에 참전했다가 정글에 뿌려진 고엽제의 영향으로 그 병에 걸린 것이라고 했다.

대한민국을 위해 먼나라 베트남까지 가서 싸운 집사님 같은 분들의 노고가 있었기에 오늘의 우리가 있고, 베트남 다낭까지도 마음껏 여행할 수 있는 길이 열리게 된 사실을 나는 잊지 못한다.

결국 집사님은 간암 합병증으로 하나님의 부르심을 받았다. 집사님은 형제들과 가정의 갈등으로 혼자서 진주에 살다가 하나님의 나라로 가셨다.

하나님의 부르심을 앞두고 살아생전에 형제들과 화해하기를 원했고 또 가정의 회복을 바랐지만, 끝내 그 뜻을 이루지 못하고 홀로 하나님의 부르심에 응했다. 동생들은 집사님이 돌아가시고 나서야 그 시신 앞에 눈물을 흘리며 형님을 부르고 대성통곡하는 모습을 보였다.

요즈음은 장례식장에서 그렇게 나이 많은 사람이 대성통곡하는 모습을 찾아보기 힘들 정도로 동생들은 오열을 금치 못했다.

이제까지 살아오면서 장례 예식을 직접 주관하기도 하고 문상을 한 일도 있지만 그와 같은 장례식은 지금도 잊을 수 없는 장례식 중의 하나였다.

생전에 세상에서 성공한 사람이라고 자랑을 늘어놓거나 혹은 성공의 삶을 살아간다고 자부하는 사람일지라도 그 인생의 종착점에서 결국 후회하고 마는 모습을 보는 것은 평생 잊을 수 없는 일이다.

이렇게 마지막 순간까지도 용서하지 못하는 고집스러운 모습이 바로 나의 모습이 아닐까 생각하니 지금도 집사님 형제들의 오열하는 모습이 눈앞에서 지워지지 않는다.

혹시 용서받지 못할 죄와 허물이 있다고 할지라도 인간의 마지막 길 앞에서는 그 허물과 잘못을 서로 용서하고 다시 그 깨졌던 관계를 회복시키는 것이 인간의 도리일진대 끝까지 용서하지 못하고 영영 화해하지 못한다면 그 얼마나 불행한 일인가.

집사님과 형제들은 끝내 용서하지 못하고 용서받지 못한 사람의 마지막이 어떠한지를 눈으로 확인시켜 준 사람들이었다.

기계가 알려준 이상증세

2015년도 두 날개 지역장 수련회가 월요일부터 5일간 베트남에서 열렸다. 뜨거운 나라에서 열리는 수련회라 많은 준비를 하고서 각 지역장이 아침 예배를 인도하고 설교도 했다.

나도 3일째 되는 날 아침 예배를 인도하고 설교도 하고 예배를 마쳤다. 그때 김성곤 목사님이 나에게 왜 손을 그렇게 떠느냐고 안타까운 표정으로 물으셨다.

"예, 수전증이라고 합니다. 약을 먹고 있으니 좋아질 것입니다."

말은 그렇게 했지만 사실 베트남에 와서 한약을 따뜻하게 데워 하루에 3번을 먹고 공진단을 먹고 나자 그 무더운 날씨를 감당할 수 없었는지 몸에서 열이 나고 견딜 수 없는 현상이 나타나기 시작하던 중이었다.

귀국 후 한의원에 가서 이야기했더니 날씨 탓으로 돌렸다. 그러면서 공진단은 다른 식구가 먹으면 되니까 복용을 끊고 계속 침을 맞아보자고 했다. 그러나 아무 효능이 없었다. 3개월이 되기도 전에 약값을 비롯한 치료비는 190만 원이나 지출된 상태였다.

그러던 어느 날이었다. 진주 H병원에 사촌 여동생이 입원하였다는 소식을 듣고 문병차 찾아갔을 때였다. 마침 그곳에는 한방과 양방을 함께 진료한다는 안내문이 붙어 있었다.

속는 셈치고 진료나 받아보자는 마음으로 신경과 문을 두드렸다. 처방약을 사 들고 돌아왔다. 그런데 놀랍게도 손떨림 현상이 훨씬 줄어들었다. 이에 크게 고무된 나는 3년이 넘도록 H병원에서 치료를 받았다.

그러나 어느 시점에 이르러서는 호전되는 증세가 보이지 않는 것을 느끼기 시작했다. 그래도 다시 좋아지려니 하는 기대를 버리지 않고 계속 치료를 받으며 운동도 열심히 했다.

어느 날 아내와 함께 교회당 뒤편에 있는 선학산에 오랜만에 올라갔다. 새로 단장한 전망대에는 건강 검진실이 있고 스트레스 측정기와 혈압기 등이 설치되어 있었다.

나는 무심코 스트레스 측정기에 손을 올리고 엄지손가락을 넣었다. 그런데 기계가 온통 빨간빛으로 바뀌더니 경고문구가 나타났다. 나의 스트레스가 기준치를 넘은 상태이므로 당장 스트레스 수치를 낮추지 않으면 위험하다는 것이었다.

나는 측정 수치가 인쇄된 용지를 받아 들고 나 자신을 살펴보았다. 나의 스트레스가 이렇게도 심각하다는 말인가? 인정하고 싶지 않았지만 과학을 무시할 수 없다는 생각에 심적인 부담을 느끼지 않을 수 없었다.

며칠 후 새벽에 잠을 자다가 가슴이 너무나도 아파서 나도 모르게 깨어 일어났다. 가슴을 두드리고 주물러도 통증이 멈추지 않았다. 마치 찢어진 상처에 소금을 뿌려놓은 것과 같은 통증이었다. 그리고 온몸에서 식은땀이 비 오듯 쏟아지고 있었다.

아무리 수건으로 닦아내도 땀은 계속 흘러내렸다. 아내를 깨웠다. 119의 도움을 받는 것보다 직접 가는 것이 빠를 것 같아 아내가 운전하여 6~7분 거리의 경상국립대학병원 응급실로 차를 몰았다.

사태의 심각성을 깨달은 간호사는 익숙한 동작으로 응급조치를 취하고 담당 교수에게 연락을 취했다.

담당 교수가 달려와서 심장 조형술을 실시했다. 손목과 허벅지에서 혈관을 따라 한참을 살피더니 협심증이라는 진단을 내렸다. 그리고 중환자실에서 밤을 보내고 입원실로 올라갔다.

내 침대에 붙은 담당 교수의 이름을 보니 안면이 있는 분이어서 반가운 마음이 들었다. 같은 노회 소속인 이웃교회의 황진용 집사님이었다.

아침 회진 때 집사님은 나를 보고 안면이 있는데 누구신지 잘 모르겠다고 했다. 신동교회 목사라고 했더니 집사님은 진작 알아보지 못해 죄송하다는 말씀과 함께 최선을 다해 살펴 드리겠다며 너무 걱정하지 말라는 말씀도 곁들였다.

집사님의 말씀을 들으니 왠지 힘이 나고 병이 다 치료된 듯 마음이 가벼워졌다. 그러면서도 마음 한구석에서는 얼마 전 맞았던 침이 생각났다. 손떨림의 원인이 심장에 있다며 멀쩡한 심장을 강화한다는 구실로 심장 강화 침을 3개월 이상 맞았던 생각이 나서 '혹시나?' 하는 어두운 생각이 머리를 스쳐 지나가는 것이었다.

이후로 나는 수전증 약과 협심증 약을 함께 먹었다. 이 약들은 평생 먹어야 한다는 것이었다. 이때까지도 나의 병이 파킨슨병이라는 사실은 아무도 밝혀내지 못한 것이다.

파킨슨병의 엇갈린 진단

그러던 어느 날이었다. 황 교수께서 손떨림에 대해 정확한 진단을 받아볼 필요가 있다며 나를 신경과로 연결해 주셨다.

신경과에서는 한참 동안 상태를 살폈다. 걷는 동작과 손동작 등을 통해 여러 방면에서 관찰한 후 최종적으로 내린 결론은 나의 병명이 파킨슨병이라는 것이었다. 그리고 병의 진행상황은 초기 단계이므로 굳이 대학병원까지 올 필요 없이 지금 다니는 H병원에서 치료해도 된다고 하였다.

우리 교회 남전도회 식사 모임이 있던 날이었다. 바로 옆자리에 박 집사님이 앉아 있었다. 박 집사님은 가정의학과 전문의였다.

"집사님, 제가 경상국립대학병원에서 파킨슨병 진단을 받았습니다."

그 소리를 들은 집사님의 반응이 심상치 않았다. 잠시 침묵하던 집사님이 뜬금없는 질문을 하셨다.

"목사님! 목사님은 그 결과에 대하여 염려하거나 두려워하지 않으시죠?"

그때까지만 해도 내가 알고 있는 파킨슨병에 대한 지식은 지극히 상식적인 수준이었고 내가 그 파킨슨병에 걸리리라고는 생각조차 해본 적이 없었다. 따라서 파킨슨병이라는 용어 자체가 낯설기 짝이 없었다.

그런 터에 박 집사님의 질문을 받고 보니 대답을 어떻게 해야 할지 알 수가 없었다. 그런 중에도 내 머릿속에는 이제까지 건성으로나마 알고 있던 파킨슨병에 대한 지식을 총동원하여 대답할 말을 빠르게 정리하고 있었다.

'파킨슨병은 원인을 모르기에 치료약이 없고 다만 병의 진도를 늦추는 것뿐이다. 원인을 알 수 없는 불치의 뇌 질환이다. 파킨슨병에 걸리면 진단받은 지 14년 안에 대부분 사망하는데, 7~8년 안에 70~80%가 사망하고 나머지는 살아 있으나 의미 없는 삶이라고 한다.' 등등….

이렇게 정리하다 보니 박 집사님이 나에게서 듣고 싶은 대답이 무엇인지를 알 것 같았다. 그것은 내가 앓고 있는 병이 파킨슨병이 분명하여서 7~8년 안에 죽는다고 하여도 두렵거나 후회하지 않을 자신이 있느냐 하는 것이었다.

이렇게 생각한 나는 그렇다는 의미로 "예"라고 대답했다. 이후로 내가 파킨슨병에 걸렸다는 사실이 자연스럽게 알려지게 되었다.

그로부터 며칠 후였다. 나의 병명이 파킨슨병이라는 사실을 현재 진료받고 있는 H병원의 신경과 담당과장에게도 이야기했다. 그런데 나의 말을 들은 과장은 펄쩍 뛰는 것이었다. 자기가 3년을 지켜보았는데 절대로 나의 병은 파킨슨병이 아니라고 힘주어 강조하는 것이었다.

그 말에는 3년간 살펴본 나의 판단이 정확하겠느냐, 아니면 하루 살펴보고 말하는 경상국립대학병원 교수가 정확하겠느냐 하는 언짢은 뜻이 담겨 있었다.

얼마 후 나는 나의 증상을 더 자세히 알리고 싶은 생각에 '요즈음은 무슨 생각이 났다가도 곧 잊어버려서 당혹스러울 때가 많다.'고 했더니 의사는 치매 검사를 해보자고 제안했다.

치매 검사를 하고 약을 처방받아 먹었지만 별 효험도 없이 구토만 일으켰다. 또 다른 약으로 바꾸어 보았다. 그것도 별 효과가 없었다.

그러던 중 파킨슨병에 권위가 있는 교수가 서울아산병원에 있다는 소식을 들었다. 마침 조카가 서울아산병원 간호사로 근무하고 있기에 청을 넣었다. 내가 지금 이러이러한 상황에 있는데 서울아산병원에서 한번 진료를 받아보았으면 좋겠다고 했더니 한 달 후로 날짜를 잡아주었다. 한 달 후 나는 서울로 가서 서울아산병원의 이종식 교수님을 만나보았다.

나를 처음 본 이 교수님은 나의 증상이 파킨슨병 같아 보이지 않는다고 했다. 그러다가 대화 중에 내 오른손이 심하게 떨리는 것을 보고는 떨리는 대로 그냥 두라고 했다.

한참이나 떨리는 현상을 자세히 살핀 교수님은 "파킨슨병이 맞다."고 하며 최후 결론을 내렸다. 우선 간호사에게 산정특례 등록을 지시했다.

나는 처음으로 산정특례라는 말을 들었고 그런 제도가 있다는 사실도 처음 알았다. 불치의 병에 걸린 환자에게 국가가 치료비의 90%를 부담하여 저렴한 비용으로 치료를 받을 수 있게 함으로써 진료비 부담을 경감시켜 주는 제도이다.

교수님은 나의 나이를 묻고 앞으로 진료 계획에 대하여 설명해 주었다. 그때까지만 해도 파킨슨병이 어떤 병인지도 자세히 모르는 것은 물론이고 어떤 증상이 나타나는지, 어떻게 대처해야 하는지도 모르는 상태에서 다른 질병에 비해 극단적 선택의 비율이 50%가 높다는 것, 그리고 정신과와 동시에 진료가 이루어져야 한다는 것, 치료 도중 약효가 떨어지면 기진맥진해서 꼼짝을 할 수 없다는 것, 최종적으로는 수술이라는 방법도 있지만 삶의 의미는 없다는 것 등을 알려주고 수술이 필요한 환자의 모습을 동영상을 통해 보여주었다.

특히 당시까지만 해도 파킨슨병의 수술은 뇌세포를 태워버리는 것으로서 만일 잘못되어도 돌이킬 수 없게 되므로 권장하지 않는다는 것도 알려주었다.

그날부터 서울아산병원에서 진료가 시작되었다. 1년 가까이 효과도 좋았고 먼길을 와도 힘들지 않았다. 그런데 차츰 병의 진도가 빨라지며 예기치 못한 일들이 일어나고 있었다. 특히 잠을 잘 수 없고 섬망 증세들이 나타나기 시작했다.

다급한 마음에 진주시내 병원마다 다녀보아도 아무런 해결 방법이 없었다. 서울아산병원에 전화를 해도 의사와는 통화가 불가능했다. 겨우 진료가 예약된 날에는 그 진료 방법이 황당하다고나 할까? 아니면 허망하다는 표현이 맞을까? 아무튼 나로서는 이해할 수 없는 일이 반복되었다.

생각해 보시라. 진료를 받기 위해 진주에서 서울까지 10시간을 달려가지만 정작 2~3분이면 진료 끝, 이게 대체 뭐란 말인가!

너무나도 많은 환자를 진료하느라 담당 의사도 하품을 참지 못한 상태에서 서둘러 이 진료실, 저 진료실을 왕래하지만 좀처럼 환자는 줄어들지 않는다. 진료 중에 궁금한 사항이 있어서 간단한 내용을 질문하려 해도 간호사가 저지한다.

"잘 지내셨어요? 예, 손 내밀어 반짝반짝해 보세요. 엄지와 검지를 붙였다 떼었다 해보세요. 좋으시네요. 혹시 특별히 아픈 부분이라도 있나요? 없다고요? 그러면 3개월 후에 다시 만나죠!"

이런 식의 진료라면 비대면으로도 충분하지 않을까? 꼭 10

시간 이상을 소비하여 서울까지 와야 하는가?

속으로는 불만이 쌓이고 울화통이 터질 지경이지만 그러나 어찌하랴! 왕복 10시간 이상을 달려 귀가한다. 그리고 3개월 후 다시 병원으로 간다.

그날 진료 후 환자의 명단을 들여다보던 교수님께서 내게 물었다.

"서형범 씨! 방사선과에서 서형범 씨의 도움이 필요하다고 하는데, 도움을 주실 수 있나요?"

"내용이 무엇입니까?"

"파킨슨병 환자를 치료하기 위한 연구를 위해 서형범 씨의 도움이 절실하답니다. 자세한 내용은 진료 후 방사선과에서 알려줄 것이니 허락을 해주시면 좋겠습니다. 아무나 할 수 있는 것이 아니기에 부탁드립니다."

나는 그렇게 하겠다고 승낙을 했다. 조금 후 담당 간호사가 와서 설명을 하고 나의 뇌 사진(MRI : 40분 촬영)과 PET 사진(핵물질을 혈관에 주입하여 촬영)이 필요하다고 했다.

특별한 날짜를 잡아서 촬영에 응해 주면 일정의 교통비(50,000원)를 제공해 준다는 이야기도 했다. 방사선 피폭에 대한 부작용은 없다는 말도 덧붙였다. 그리고 본인이 약속했더라도 싫다면 언제든지 전화로 취소할 수 있다고 했다.

나는 파킨슨병 치료의 발전을 위해 내가 할 수 있는 일이 있다면 어떤 불이익이나 위험이 있더라도 감수하겠다고 마음 먹었다. 방사선 피폭에 따른 문제는 없다고 강조했지만 만약에 부작용이 있다고 할지라도 나는 흔쾌히 동의했을 것이다.

촬영하기로 약속한 날, 그 당시 나는 수면 부족으로 섬망 증세에 시달리고 있었지만 사진 촬영을 위해서 서울로 향했다. 이때도 버스를 탈 수 없어서 둘째 아들이 직장에 휴가를 내고 운전을 해주었다. 에어컨 바람을 쐬면 몸이 굳어지고 꼼짝도 할 수 없기 때문이다.

병원에 도착해 보니 3시간 정도 여유가 있었다. 그 시간을 어떻게 활용할까 생각하던 나는 신경과를 찾아갔다. 오늘 진료 예약이 없지만 방사선 촬영을 위해 왔는데 지금 나의 상태는 이러하니 어떻게 하면 되겠느냐고 간호사에게 도움을 요청했다. 간호사는 수간호사와 통화를 한 후 수간호사방 문 앞에 기다리고 있으면 부를 것이니 그때 문을 열고 들어가라고 했다. 그러면서 임의로 문을 열고 들어가지 말 것을 당부했다.

나는 차례를 기다리며 언제쯤 내 이름을 부르려나 조바심이 났지만 아무리 기다려도 감감무소식이었다. 하도 연락이 없기에 진료실 문 앞에 적혀 있는 전화로 통화를 시도해 보았지만 "지금은 상담 중이라 전화를 받을 수 없습니다." 하는 녹음 음성만 되풀이하여 들려왔다.

"왜 전화도 안 받는 거야."

내 입에서 볼멘소리가 나왔다. 그때 옆에 있던 다른 환자가 간호사는 벌써 나가고 없다는 것을 알려줬다.

화가 나서 문을 열어보았더니 정말 아무도 없었다. 이게 한국 제일의 의료기관이라고 소문난 서울아산병원이란 말인가? 화가 머리끝까지 치민 나는 혼자 불평만 늘어놓다가 촬영 시간이 되어 약속 장소로 갔다.

엊저녁에 잠도 제대로 못 자고 몸부림 증세가 있었기 때문에 어떻게 MRI 기계 속에 들어가서 40분을 견딜 수 있을 것인가 걱정했는데 다행스럽게도 단 한 차례의 멈춤도 없이 촬영을 마쳤다.

이어서 PET 촬영이 시작되었다. 먼저 핵물질을 혈관 속에 주입하는데 의사는 방호복을 입고 코로나 검사 때처럼 손만 내놓고 방폭 유리 뒤에서 내 팔에 방사선 물질을 주입하였다. 그리고 기계 속에 들어가 20분간 촬영을 했다.

나는 다시 3개월을 기다려야 진료받을 것을 생각하고 답답한 마음에 신속히 진료할 방법은 없느냐고 물었더니 다른 전문의에게 진료를 신청할 수 있다고 했다.

그다음 주에 H전문의와 상담이 이루어졌다. H전문의는 지금 먹는 약에서 마도파 한 알씩을 빼고 먹어보라고 했다. 처방대로 했더니 놀랍게도 잠도 오고 몸부림 증세도 사라졌다.

이제야 치료가 제대로 이루어지나 하는 기대감으로 가슴이 부풀어 올랐다. 그러나 2주 후 다시 똑같은 현상이 일어났다. 서울아산병원에 다시 문의했더니 그 뺀 약을 저녁에 다시 먹으라고 했다. 결국은 모든 것이 원래대로 되돌아가고 말았다.

약을 지나치게 남용하였을 때 생기는 현상을 "꼬인다"라는 말로 표현하는데 몸이 흐느적거린다는 뜻이다. 그런데 이게 구분하기가 쉽지 않다는 것이다.

이러한 현상은 환자와 의료진과의 오랜 시간에 걸친 대화와 관찰을 통해서만 발견할 수 있는데, 이는 환자가 자신의 병에 관심을 가지고 세밀히 살필 때 가능하다는 것이다. 그러므로 파킨슨병은 1:1의 맞춤 진료가 정답인 것이다. 그런가 하면 약물이 적었을 때 나타나는 현상은 "떨린다"는 말로 표현한다.

아무튼 우리나라 최고 수준의 의료기관이라는 서울아산병원에서도 파킨슨병에 대해서만은 속수무책이라는 사실을 깨달은 나는 서울아산병원에서의 치료를 포기하고 말았다. 되의뢰서를 발급받아 다시 진주로 내려왔다.

파킨슨병에 대한 의료진의 일치된 진단은 언제쯤이나 가능할 것인지 답답하기 짝이 없었다.

권위주의에 시간만 낭비하고…

약물 후유증으로 잠을 이루지 못한 나는 온갖 수면제를 다 복용해 보았지만 소용없는 일이었다.

진주 시내의 병원은 다 돌아보았지만 나를 잠재울 수가 없었다. 당시만 해도 무도증(자신의 의도와 상관없이 신체가 움직이는 증상: 꼬이는 현상)에 대해서 알고 있는 의사는 진주 시내에서 찾아볼 수가 없었다.

특히 몸부림 증세(의학적 용어 아님, 가만히 있지 못해 발버둥을 쳐야만 견딜 수 있음)로 인해 잠을 못 자니 섬망 증세가 나타나기 시작했다.

가을걷이하고 난 후 길가에 있는 비닐이 바람에 휘날리는 모습을 보고서 천사들이 노래하며 신동교회를 향하여 찬양한다며 기뻐하기도 했다. 반면 검은 비닐이 휘날리는 모습을 보면 사탄의 졸개들이 노래하며 교회를 위협하는 모습으로 보여서 직접 확인하기도 했다.

수면제를 먹으면 잠은 오지 않고 눈꺼풀만 내리깔리므로

더 괴롭기만 했다. 이후로는 절대로 수면제는 먹지 않았다.

잠을 충분히 잘 수 있다는 것은 얼마나 큰 축복인지! 그러기에 '잠'은 하나님의 선물이라고 했다.

"여호와께서 그 사랑하는 자에게 잠을 주시는도다.(시 127:2)"

"내 아들아 완전한 지혜와 근신을 지키고
이것들이 네 눈앞에서 떠나지 말게 하라.
/그리하면 네가 누울 때에 두려워하지 아니하겠고
네가 누운즉 네 잠이 달리로다.(잠 3:21, 24)"

나는 이 말씀들을 묵상하며 하나님께 잠을 주실 것을 기도했지만 아직 하나님의 때가 이르지 않아서인지 기도의 응답은 이루어지지 않았다.

그렇다고 하여 아예 손을 놓고 있을 수만도 없는 일이어서 진주 시내의 이 병원 저 병원을 전전하며 희망의 실마리라도 찾으려고 부단히 애를 썼다.

그러던 중 경상국립대학병원 신경과 교수직을 끝으로 개인의원을 개업한 원장님을 만났다. 나의 이야기를 모두 듣고 난 원장님은 자기가 볼 때 내 병은 파킨슨병이 아닌 것 같다고 했다. 자기가 만난 파킨슨병 환자 중에 6~7년이 되었어도 이렇게 멀쩡한 환자는 처음 본다고 했다. 그러면서 누가 파킨슨병 진단을 내렸느냐고 물었다.

서울아산병원 이종식 교수님이라고 했더니 "그렇다면 파킨슨병이 맞겠네." 하며 "이 약을 먹으면 잠도 자고 망상에서 벗어날 것."이라고 했지만 결과는 마찬가지였다.

인터넷을 통해 진주시 주변의 다른 지역도 검색한 결과 사천시의 H신경내과라는 간판으로 개업한 ○○의원을 찾아갔다. 전공이 파킨슨병인데 그에 관한 박사학위증까지 액자에 넣어 벽에 걸어놓았다.

어쩐지 신뢰심이 생겼다. 그래서 많은 이야기를 나눈 후 처방해 준 약을 먹었다. 그런데 이게 웬일인가! 잠을 잘 잤다. 모든 통증에서 해방된 느낌도 들었다. 그동안의 모든 근심이 일시에 사라지는 것 같았다.

그렇게 3년 동안을 그 병원에서 치료를 받았다. 그런데 아프다! 내가 믿고 3년이나 먹은 것이 통증약이었고 그 의원의 실체는 통증의학과였다. 그 약이 통증약이라는 것은 약사를 통해 알았다.

"점점 약의 숫자와 농도가 많아지고 짙어지므로 이를 계속 복용할 시 문제가 발생할 수 있습니다."
라는 약사의 조언을 듣고 깜짝 놀란 나는 약을 줄이고 그 의원으로 향한 발걸음도 줄였다.

그런데 이 사천의 의원 내부에는 『H신경내과』라는 간판이 걸려 있었다. 바깥에는 『○○의원』이라는 간판이 부착되어 있는데 도대체 무슨 목적으로 간판의 이름이 밖과 안이 다른지 알 수가 없었다.

그러던 어느 날, 진료를 받기 위해 아내와 함께 사천 그 의원으로 갔다. 아내와 나는 늘 같이 다니며 진주에서 사천으로 오는 환자이기에 간호사나 의사는 확실히 기억하고 있었다. 순서가 되어 진료실로 들어갔다.

그날따라 아내가 의사에게 하소연 아닌 하소연을 했다.

"선생님, 요즘 남편이 잠도 잘 이루지 못하고 약을 먹어도 효력이 전과 같지 않습니다. 약이 잘 듣도록 신경써서 지어주면 좋겠습니다."

그러자 순식간에 의사의 행동이 돌변했다. 의사는 아내를 향해 "당신 블랙컨슈머 아니야?"라고 하면서 화를 내고 큰 소리로 당장 나가라며 고함을 질러댔다.

나는 황당하고 민망하여 어찌할 줄을 모르겠는데 의사는 나에게로 의자의 위치를 바꾸더니 "자, 이제 진료합시다." 하고 웃으면서 나를 마주하여 앉는 것이었다. 그러면서 이때까지는 한 달분의 약을 지어주었으나 오늘은 3일분의 약만 지어준다는 것이었다.

나는 너무나도 어처구니가 없고 황당해서 어떻게 행동해야 할지 난감하기 이를 데 없었다. 의사를 향하여 마주 대놓고 당신 사이코패스 아니냐? 라며 싸움을 걸어야 할지, 지금 당장 사과하라고 외쳐야 할지….

아내는 늘 나와 함께 이 의원에 왔고, 늘 곁에서 이런 이야기 저런 이야기들을 했으며, 그날은 지금 나의 상태가 좋지 못하므로 좀더 신경써서 약을 지어달라고 부탁한 것인데, 순식간에 블랙컨슈머라는 오해를 뒤집어쓰고 어찌해야 할 바를 모르고 있으니 딱하기 이를 데 없었다.

그 순간 지금 이 양반에게 무슨 일이 일어나고 있구나? 지금 이 사람과 싸워봐야 득 될 것이 없고 똑같은 사람이 되고 만다는 생각이 들자 도리어 그를 불쌍히 여기는 마음이 들어 조용히 그 의원을 나왔다. 그 뒤로 그 사천 의원에는 발길을 끊었다.

그 당시 파킨슨병 약을 먹고서도 사천 의원에서 지어준 약을 먹지 않으면 아무런 약효를 볼 수 없을 정도로 중독 아닌 중독 증세가 나타나기도 했다. 진통제 없이는 약물의 효과도 못 느끼는 상태까지 내 병은 오히려 심각하게 되어 버린 것이다.

흔히들 꿩 잡는 게 매라고 한다. 방법이야 어떻든지 결과만 좋으면 된다는 주장을 펼칠 때 이 속담을 끌어다가 쓴다. 그러나 이 말은 도덕성이 배제된 표현이므로 함부로 사용하면 안 된다.

우리가 약을 받을 때 복용법이 인쇄된 부분만 잘 살펴보아도 약을 오용하거나 남용하는 일은 훨씬 줄어들 것이다.

경상국립대학병원 신경과를 찾아갔을 때 새로 부임하신 교수님이 계셨다. 나를 진찰한 교수님은 내 병이 파킨슨병인지 의심스럽다는 말씀을 하셨다. 이유인즉 6~7년 된 환자치고 이렇게 멀쩡한 사람은 처음 본다면서 과연 파킨슨병 환자인지가 의문스럽다고 했다.

지난번에 찾아갔던, 교수직을 마치고 개원한 의원에서 들었던 말과 똑같은 말을 듣다니! 지금 잠을 이루지 못해 세상 말로 미치고 환장할 처지인데 파킨슨병 환자 같지 않다니! 이 사람들이 과연 파킨슨병에 대해서 알기나 하는 의사란 말인가?

순간적으로 끓어오르는 화를 참지 못한 나는 심중에 있는 말을 그대로 쏟아내고 말았다.

"그런 말씀은 하지 않으셨으면 좋겠습니다. 저는 지금 지푸라기라도 잡는 심정으로 병원을 찾아왔는데 파킨슨병이 아니라고 하면 병원에 대한 제 신뢰가 허망하게 무너지지 않겠습니까?"

물론 교수님이 그렇게 말한 것은 그만큼 환자의 상태가 좋으니까 용기를 가지고서 더욱 힘을 내자는 의도임을 모르는 바 아니다. 그러나 그 순간은 나도 모르게 솟구친 반발심을 자제하지 못했다.

내 처방전을 살펴본 교수님은 고개를 갸우뚱했다. 너무 약을 많이 먹는다는 것과 필요 없는 약이 많다는 것이었다. 특히 1월과 7월의 처방전을 대조하면서 약 투여량이 급격하게 증가한 것을 지적했다. 600mg의 약이 6개월 만에 900mg으로 증가한 것을 지적한 것이었다.

그러면서 교수님은 더 이상 자신이 할 수 있는 일은 없다고 하면서도 혹시 자신이 필요하다고 생각되면 언제든지 찾아오라고 했다.

나는 더 이상 어찌해 볼 의욕도 없고 그렇다고 치료를 포기할 수도 없는 상태에서 경상국립대학병원의 진료를 받기로 했다.

그런데 진료를 받는 중에 다른 문제가 생겼다. 왼쪽 콧속에 물혹과 농이 있는 것을 발견하고 진주 B병원 이비인후과에 가서 수술로 제거했다. 그런데 막상 왼쪽 코를 수술하고 보니 오른쪽에도 이상이 있는 것을 발견했다. 왼쪽만 수술할 때는 국부마취로도 가능하지만, 오른쪽까지 수술하여 물혹의 뿌리까지 제거해야 하는데 그러려면 전신마취를 해야 한다. B병원에서는 나의 협심증 때문에 전신마취를 할 수가 없다고 했다.

결국 부비동 수술을 위해 다시 경상국립대학병원에 접수를 했다. 다음 주로 수술 날짜를 잡고 입원 날짜와 필요한 모든 준비를 마쳤다. 그런데 이건 또 무슨 날벼락이란 말인가? 엎친 데 덮친다더니! 내가 결핵에 걸렸기 때문에 수술을 할 수 없다고 호흡기내과 진료의가 진단하므로 수술장이 반대했다. 수술실을 허락할 수 없다는 것이다. 환자 중 한 명이라도 결핵을 앓고 있다면 그 영향이 모든 환자와 의료진들에게까지 미칠 수 있으므로 먼저 결핵을 치료해야 한다는 것이었다.

결국 결핵 치료를 서두를 수밖에 없었다. 결핵은 1종 전염병으로 호흡기내과 담당 의사가 진단을 내리면 모든 진료보다 우선적으로 치료받고 100% 산정특례를 받을 수 있다고 했다.

이비인후과에 비상이 걸렸다. 하루가 시급한 수술이다. 객담 검사, CT 촬영, X-레이 촬영, 폐내시경 등의 검사를 일사천리로 진행했다. 그리고 판독은 호흡기내과에서 하도록 했다. 그런데 검사 결과는 모두 음성으로 나타났다.

그런데도 호흡기내과에서는 내가 결핵환자라는 것을 강조하며 이비인후과 수술을 할 수 없다고 주장했다. 약은 1년간 먹어야 하는데 한 번만 약을 먹어도 전염력은 현저히 줄어들고 한 달 이상만 먹으면 전염력은 완전히 사라지므로 무조건 약을 빨리 먹어야 한다고 강조했다.

만일 중간에 한 주간이라도 약을 끊으면 효력이 중지되기 때문에 이제까지 먹은 것은 무효가 된다고 했다.

어쩔 수 없이 약을 먹기 시작했다. 그런데 결핵 검사는 나뿐만 아니라 가족들과 직장의 모든 사람까지 받으라고 하였다. 결국 우리 가족은 태어난 지 2개월밖에 안 된 손자까지 결핵 검사를 받았다. 보건소에서는 교인들도 검사를 받아야 된다고 했지만 그것은 불가능한 일이었다.

아무튼 검사 결과 다른 가족들은 모두 음성이었다. 그리고 나는 전염력이 없어지는 한 달 동안만이라도 약을 먹어야만 수술을 받을 수 있다고 했다.

나는 부지런히 결핵약을 먹기 시작했다. 약이 얼마나 독한지 한 알 삼키기도 힘들었다. 그것을 기상 후 빈속에 12알이나 먹자니 그야말로 죽을 맛이었다. 게다가 식후에 파킨슨병 약, 협심증 약, 전립선 약, 이비인후과 약 등 이루 셀 수도 없이 많은 약을 매일 먹어야 했다.

약을 먹는 중에 코로나19 예방주사도 맞아야 했다. 그런데 간이 극심히 나빠졌기 때문에 결핵약을 끊고 우루사를 한 주간 먹은 후 다시 혈액 검사를 하고 예방접종을 할 수 있었다.

다시 결핵약을 먹기 시작해서 한 달이 지났다. 수술 요청을 했다. 그런데 이번에는 마취과장의 반대에 부딪혔다. 결핵이 완치되었다는 증명서가 있어야 한다는 것이었다. 같은 마취

라인의 환자들에게 전염될 염려가 있기 때문이라는 것이다.

이런저런 일로 또다시 수술 날짜가 하루 이틀 미루어졌다. 그렇지 않아도 애초 계획했던 수술 날짜보다 이미 한 달이 미루어졌는데 결핵 완치 증명서 때문에 수술 날짜를 잡지 못하고 있는 것이었다.

나는 울화통이 치밀어 견딜 수가 없었다. 제대로만 진행되었다면 이미 한 달 전에 수술이 끝났을 터인데 석연치 않은 일을 가지고 의료진끼리 티격태격 책임을 서로 미루기만 하고 있으니 이게 대체 뭐 하는 짓들인가! 나는 병원 측에 강력하게 요구했다.

"오늘 중으로 이비인후과, 호흡기내과, 마취과, 수술실 담당자가 한자리에 모여서 결정을 지어달라. 그렇지 않으면 나도 이대로만 당하지 않겠다."

오후에 연락이 왔다. 다음 주로 수술 날짜를 잡았다는 것이다. 그다음 주 수술은 이루어졌고 나는 9개월간 결핵약을 먹고 완치 판정을 받았다.

나는 지난 9개월 동안의 일을 되새겨 보았다. 나의 결핵 판정은 과학에 근거를 둔 게 아니라 의사의 권위주의(?)에 의한 편파 판정의 결과가 아닐까 하는 의심을 떨쳐버릴 수가 없다.

결핵약을 12개월 동안 반드시 먹어야 하는데 중간에 한 주간이라도 약을 먹지 않으면 처음부터 다시 시작해야 한다고 엄포를 놓고서도 코로나 접종을 위해 1주일간 결핵약 복용을 중지시켰다. 또한 12개월 동안 반드시 결핵약을 먹어야 한다고 그렇게 강조하고서도 9개월 만에 결핵 완치 판정을 내렸다.

그뿐만이 아니다. 내가 1년간이나 치료를 받아야 할 만큼 결핵 중증 환자라는 것도 인정하기 어려운 부분이다. 만약 내가 정말로 결핵 중증 환자였다면 그 사실이 벌써 밝혀졌어야 했다. 이미 B병원에서 코수술을 받았지 않는가? 그때 방사선 사진 및 CT까지 찍었던 것이다. 그런데 아무 증상도 징후도 없던 결핵이 뜬금없이 발견된다는 게 어디 쉽게 수긍할 일인가 말이다. 결국 나는 오진의 피해자라는 생각을 지울 수가 없다.

그러나 나는 의료진들을 인정한다. 당시에는 파킨슨병에 대한 이론적인 정보나 임상적인 정보도 취약한 상태에서 실수를 최소화하기 위해 신중하게 대처한 점은 높이 살 만하다고 생각한다.

아무튼 결핵이라는 핵폭탄을 맞고서도 위가 아무런 부담 없이 이 약들을 감당한 것을 생각할 때 그저 감사할 뿐이다.

수술 후 파킨슨병 약은 계속하여 먹었다. 그런데 점차 약의 효능이 짧아지는 것을 느꼈다. 날이 갈수록 투약 횟수도 늘고 약의 양도 많아졌다. 나 말고도 많은 환자가 약물 후유증에 시달리고 있다. 수면제, 우울증 약 등 나처럼 먹지 않아도 될 약을 먹고 있다. 또 대부분의 처방전에는 소화제와 진통제와 같은 약이 들어 있는데 그걸 모르는 환자들이 이중으로 약을 먹고 있다.

내가 경험을 통해서 자연스럽게 알게 된 것이지만 파킨슨병 환자는 처음 5~7년 동안은 마도파라는 약이 효과가 있는데 대부분의 환자가 그 효능에 매우 만족하는 편이다. 그래서 이 기간을 '마도파(명도파)와의 허니문 기간'이라고 한다.

그러나 6~7년이 지나면 약효가 점점 떨어지고 약의 기능도 거의 상실된다고 한다. 그리하여 더 이상 병을 다스릴 수 없는 상태에 이르기에 차츰 고통의 늪으로 빠질 수밖에 없다는 것이다.

교회를 전격 사임하다

　질병의 치료와 함께 나에게 주어진 숙제 중 하나가 목회를 계속할 것인가에 대한 고민이었다. 아직은 신체적 활동이 그런대로 자유롭고 건강 상태도 제법 감당할 만하다. 무엇보다도 하나님께서 맡겨주신 복음 전파의 사명을 정년도 채우지 못한 채 내려놓는 것은 직무유기죄에 해당하는 일이 아닐까 하는 생각마저 들었다.

　그뿐만 아니라 아들 서효창 목사가 캐나다에서 급거 귀국하여 목회를 돕고 있으니 은퇴를 서두를 필요가 없지 않을까 하는 생각이 들기도 했다.

　이러지도 저러지도 못한 상태에서 고민하고 있을 때 올바른 결정을 할 수 있도록 시의적절한 권고를 주신 분이 있었다. 늘 가까이 지내고 의지하는 경상국립대학병원 순환기내과 황진용 교수님이 그분이시다.

　"목사님! 이제 목회를 그만두시면 어떨까요? 그동안 수고 많이 하신 것도 제가 보았고요, 하나님께서 목사님을 무척이

나 사랑하시는 것도 보았습니다. 또 아드님이 캐나다에서 돌아와서 목사님을 대신하여 교회를 잘 섬기고 있으니까 이제 편히 쉬시면서 몸을 돌보시는 것이 좋겠습니다."

아들 서효창 목사는 백석신학대학원을 졸업하자마자 목사 안수를 받고 캐나다로 가서 목회하고 있었다. 밴쿠버에 막내 숙모 동생이 시무하는 교회에 부목사로 청빙을 받은 것이다.

효창 목사는 그곳에서 교회를 잘 섬기고 있고 며느리는 캐나다 현지 치과병원에 취업해서 내외가 교회와 직장을 다니며 이국 생활에 적응하고 있었다.

교회에서는 효창 목사를 내 후임으로 청빙하자는 의견을 내놓았다. 나는 전화로 아들의 의향을 물어보았다. 아들은 한 주간 동안 기도해 보겠다고 했다. 일주일 후 청빙을 수락하겠다는 뜻을 전해왔다.

나는 아들의 결정에 감사한 마음을 금할 수 없었다. 얼마나 어렵게 간 캐나다인가! 아들과 같은 기회를 얻기도 쉽지 않다. 게다가 아들은 캐나다 교회를 3년이 되도록 성실히 섬겨서 그곳 성도들에게 크게 신뢰를 받고 있었다.

아들이 고국으로 돌아갈 뜻을 전하자 그곳 성도들이나 지인들은 한결같이 재고할 것을 청했다. 그러나 아들은 아버지가 세운 신동교회의 청빙에 따르기로 결심을 굳힌 것이다.

요즈음은 흔히들 세습이니 뭐니 하여 자식에게 교회를 물려주는 것을 부정적인 시각으로 보는 사람들이 있지만 그것은 신앙의 계승을 신앙의 세습으로 오해한 결과에 지나지 않는다. 대를 잇는 목회의 계승. 이 얼마나 큰 영광이며 축복인가!

혹시 준비되지 못한 자녀를 성도들의 반대에도 불구하고 무리하게 후임으로 세우는 경우라면 그는 응당 막아야 할 일이다. 그것이야말로 잘못된 세습이라고 할 것이다.

2021년 8월 1일, 나는 전격적으로 교회를 사임했다. 코로나가 끝나고 교회 집사 안수식과 권사 취임식이 있던 2022년 9월 20일 노회 주관하에 담임목사 이취임식을 거행했고 나는 원로 목사로 추대되었다.

이로써 나의 30여 년의 목회 생활은 끝을 맺었다. 비록 정년을 다 채우지는 못했으나 대과 없이 목회를 마감할 수 있도록 인도하신 하나님께 감사드린다.

나의 신앙의 뿌리

이쯤에서 우리 집안의 신앙 내력을 잠시 소개하고자 한다. 나 자신의 신앙 이력이랄까, 파킨슨병이라는 거대한 장벽 앞에서도 굴복하지 않고 굳건한 믿음으로 싸울 수 있었던 배경을 소개하는 것이 유익하리라는 생각이 들었기 때문이다.

무엇을 하나님의 은혜라고 하는가? 하나님께서 당신의 자녀들에게 거저 주시는 복을 말한다. 그러면 믿음이란 무엇인가? 그 은혜가 임한 결과로서 하나님의 말씀을 신뢰하고 순종하는 것이다.

히 11:6절에 "믿음이 없이는 하나님을 기쁘시게 해드릴 수 없습니다. 하나님께 나아가는 사람은, 하나님께서 계시다는 것과 하나님께서는 자기를 찾는 사람들에게 상을 주시는 분이라는 것을 믿어야 합니다."라고 기록되어 있다.

그렇다. 아무리 오늘날 의술이 발달하고, 의학의 최첨단 시대를 맞이했다 하더라도 그에 대한 운용이나 운영의 과정은 사람의 손에 좌우되는 것이므로 매 순간 하나님께서 함께하지 않는다면 이룰 수 있는 것은 아무것도 없다.

　육신의 치료도 마찬가지이다. 믿음, 즉 내가 가진 믿음이 아니라 하나님께서 주신 은혜의 믿음, 믿어 주는 믿음이 아니라 믿어지는 믿음으로 하나님의 손길을 기대하며 내 몸을 의사에게 맡길 때 놀라운 치료의 역사는 일어나게 되는 것이다.

　그러한 믿음이 없는 상태에서 8시간 이상이나 전신마취 상태로 수술대 위에 올라가 있다고 생각해 보라! 과연 하나님에 대한 믿음과 의료진들에 대한 신뢰가 없다면 어떻게 자신의 몸을 맡기고 수술대 위에 누울 수가 있겠는가!

　나는 아내에게 늘 감사하며 아내의 믿음을 다시 한 번 되새겨 본다.

　대부분의 환자 보호자들은 수술이 끝날 때까지 수술실 앞에서 초조하게 기다리며 열심히 기도하는 모습도 보게 된다. 그러나 나의 아내는 내가 병실에서 휠체어를 타고 내려올 때, 수술 잘 받고 오라고 인사를 하고서는 병실에 있다가 수술이 끝나갈 시간이 되어서 수술실로 내려와 약 30분간 기다리다가 함께 병실로 돌아왔다.

　이것은 매사에 느긋한 아내의 성품 때문일까? 아니면 믿음의 행동일까? 생각해 본 적이 있다.

사도행전 12장에 보면 베드로가 감옥에 갇혔을 때 온 성도들은 믿지 못하면서도 열심히 기도하였지만, 베드로는 감옥 안에서도 모든 염려와 근심을 벗어버리고 편히 잠을 잘 수 있는 믿음이 있었다.

반면에 사도행전 16장에서는 바울과 실라가 감옥에 갇혔을 때, 두 사람은 밤새도록 기도와 찬송을 부르면서 하나님의 역사를 끌어냈다.

이는 단순히 비교할 수 있는 문제도 아니고 더군다나 옳고 그름의 문제는 더더욱 아닌 것이다. 아무튼 각자 받은 은사와 성품 등으로 말미암는 믿음의 결과요 신앙의 형태일 뿐이다.

결국 인간사는 믿음의 역사이다. 그 역사는 인간의 관계를 통하여서 인생의 아름다운 열매를 맺는 것이다.

역사를 이루는 인간관계는 누구를 만난다고 할지라도 믿음을 통해서만 가능하게 되는 것이다. 믿음이 없이는 어떤 관계도 형성될 수 없기 때문이다.

이러한 믿음은 사람과 사람뿐만 아니라 이 세상에 존재하는 모든 것들, 더 나아가 사람과 신과의 관계 속에서도 반드시 요청되는 것이다. 믿음에 의지할 때 의사의 손이 하나님의 손으로 사용된다는 사실을 깨닫게 되는 것이다.

특히 우리의 노력이나 애씀으로써 다스릴 수 있는 정도의 문제라면 그것은 인간의 영역에 국한된 문제일 것이다.

그렇다면 파킨슨병은 어떠할까? 병의 원인도 모른다. 그래서 아직도 치료제를 개발하지 못해 불치의 병으로 분류되어 있다. 이와 같은 상태에서 파킨슨병은 당연히 의료의 영역에서뿐만 아니라 종교의 영역에까지 확대해서 다루어야 할 문제다.

그러므로 현재 뇌심부자극술 적용을 앞두고는 신경과, 신경외과, 정신과의 복합적인 영역에서 다루고 있다.

이처럼 종합적인 치료가 이루어질 때 좋은 효과를 기대할 수 있다. 더구나 치료의 근원은 하나님의 선하신 뜻에 있기 때문이다. 나는 그 증인이 바로 나 자신이라고 분명히 말할 수 있다.

수술을 앞둔 나는 두려워하는 마음이나 공포심, 염려와 걱정과 같은 감정은 전혀 느끼지 못했다. 두려움이 다 무엇인가? 공포심, 염려와 걱정은 다 무엇인가? 오히려 이번 수술을 통해서 하나님의 놀라운 역사가 나타날 것을 기대하고 있었다.

믿음이란 바로 이런 것임을 깨달았을 때 감사와 즐거움이 온통 내 마음을 사로잡고 있었다.

내가 이런 수술을 하게 될 것이라고는 생각지도 못했고 또 이렇게 일사천리로 수술이 진행되리라는 것도 기대할 수 없었다. 생각하지도 못했고 기대할 수도 없던 일이 현실로 이루어지고 보니 나의 눈에서는 감사의 눈물이 나도 모르는 사이 흘러넘치고 있었다.

내가 흘리는 감사의 눈물 속에는 하나님께 대한 감사가 무엇보다 크거니와 그와 함께 감사한 마음을 금치 못하는 분은 바로 나의 아버지 서 동(자) 훈(자)―서동훈 장로님이시다. 아버지 장로님께서 나에게 귀한 신앙을 물려주셨기 때문이다. 할렐루야!

내가 하나님의 사랑을 입어 놀라운 은혜를 받게 된 것은 자녀들을 위한 부모님의 기도와 더불어 내가 섬기는 신동교회 성도들의 눈물 어린 기도가 저축되어 있었기에 가능한 것이었다.

진심으로 드리는 기도는 결단코 땅에 떨어지지 않는다는 사실을 나는 체험으로 느꼈다. 부모가 은행에 저축한 돈을 그대로 자녀가 물려받는 법인데 항차 하나님 아버지께서 하늘에 쌓아두신 축복임에랴!

집안의 참된 신앙의 뿌리가 이렇게도 큰 축복의 통로가 된다는 사실 앞에 나는 감사하고 또 감사하며 무한 감사했다.

우리 집안 기독교 신앙의 가계를 보면 나의 조부에서 나의 손자에 이르기까지 5대에 이른다. 가히 예수 그리스도의 능력으로 살아가는 집안이라고 자부할 수 있다. 할렐루야!

그러나 나의 할아버지와 아버지 대에서는 목회자가 나오지 않았다. 내가 우리 가문의 첫 목회자이다.

나의 부모님은 감리교의 장로, 권사로 한평생 교회를 섬기셨다. 부모님이 처음 섬기시던 마산중앙감리교회 홈페이지에 아래와 같이 교회 이력이 기록되어 있다.

<마산중앙감리교회 역사>

1927.11.27. 조선예수교장로회 마산문창교회에서 200여 명의 교우가 분립하여 마산예수교회를 설립하고 김산 목사를 초대 담임 목회자로 추대하다. 또한 손덕우 집사, 최원칙 집사, 류진구 집사 등을 장로로 장립하다.

1928.06.26. 교회 부지로 100평을 매입하고 목조아연즙평가 54평의 예배당 건축공사에 착공하다.

1928.11.27. 성전 봉헌식을 거행하다.

1929.04.05. 교회 부속사업으로 중앙유치원을 설립, 개원하다.

1940.03.08. 왜정 당국의 지시에 따라 본 교회명을 부득이 조선예수교 마산중앙교회로 개칭하다.

1947.03.23. 이학재, 서상윤 두 분을 장로로 장립하다.

1949.06.12. 교단을 기독교대한감리회에 가입하여 대전지방회에 소속하다.

1949.10. 본 교회의 산파적 지원과 서동훈 장로의 봉사로

진양 문산에 문산교회를 설립하고 계속하여 신흥 교회를 설립하다.

이때 나의 아버지 서 동(자) 훈(자) 장로님은 비록 아주 젊은 나이였지만, 남부지방 감리교회의 산파 역할을 하셨다.

아버지는 조실부모하여서 어린아이의 시절을 잊어버리고 살아오셨다. 아버지는 9살 어린 나이에 어머니(나의 할머니)를 잃고 계모 밑에서 많은 어려움을 겪으며 고향 진양군(진주시) 금곡면에서 초등학교를 어렵사리 졸업하셨다. 그러다가 아버지(나의 할아버지)마저 돌아가시자 계모 그늘에서 살아가기가 어렵게 되었다.

결국 동생을 데리고 시집간 누님이 계시던 마산으로 거처를 옮길 수밖에 없었다. 그때 나이가 열세 살이었다.

아버지께서는 자식들에게 늘 이런 말씀을 하셨다.

"우리 집안은 X성姓을 가진 사람과는 결혼은 물론 일반 사업 관계도 신중하게 해야 한다."

이런 말씀이 나오게 된 배경은 무엇인지 알 수 없었지만 공교롭게도 우리 집안에서 X성을 가진 집안과 결혼한 사람들은 거의 일찍 죽거나 질병에 걸리고 매우 어려운 삶을 살았다고 한다. 아무려나 이런저런 이유로 X성을 가진 집안과의 결혼을 금하신 것으로 보인다.

따라서 여자를 만나든 남자를 만나든 먼저 성씨부터 물어보고 아울러 기독교 신앙의 집안인지를 확인하라고 늘 당부하신 것이다.

그 영향으로 나도 어떤 사람을 처음 대할 때 아무리 첫인상이 좋게 보여도 우선 신앙부터 확인하고 성씨에도 관심을 가지게 되었다.

그 영향인지는 모르겠으나 자연스럽게 사귀게 된 친구 중에도 X성을 가진 친구가 별로 없다. 그리고 어쩌다 X성 가진 친구를 만나도 그 만남을 오랫동안 유지하지 못했다.

나는 늘 이 부분을 아쉬워했다. 그렇게 굳은 믿음을 가지셨고 그 믿음을 지키기 위해서라면 어떤 손해라도 기꺼이 감수하신 아버지께 무슨 일이 있었기에 이 문제만은 해결하지 못하셨을까?

내가 목사가 된 후에도 이 문제에 대해서 여러 차례 말씀드린 적이 있다. 어떤 악연이 있다 하더라도 예수님을 믿으면 다 해결되고 개개인의 쓴 뿌리와 집안의 부정적인 내력도 다 사라진다고 간곡하게 말씀을 드렸다. 그러나 이 문제만큼은 내 의견을 받아들이지 않으셨다.

아버지께서 돌아가셔서 가족 묘지에 안장하고 모든 장례가 끝난 뒤에 사촌 큰형님이 이런 말씀을 하셨다.

"큰아버지와 아버지가 어렸을 때 계모의 학대가 얼마나 극

심했던지 계모의 성을 가진 집안과는 절대로 인간 상종을 말아야 한다고 누차 말씀하셨단다."

나는 오늘에서야 이처럼 자세한 이야기를 처음 들었다. 이야기를 듣고 나서 나는 아버님의 마음을 비로소 이해하게 된 것이다. 어머니의 따뜻한 품 안에서 사랑받고 자라야 할 그 어린 나이에 어머니의 사랑 대신에 계모의 학대가 얼마나 심했으면 계모의 성을 가진 사람과는 어떤 관계도 맺지 말라고 뼈아픈 말씀을 하셨겠는가!

나는 나 자신을 한번 돌아보았다. 50대 후반, 아직 젊은 목사가, 그것도 지금 교회가 가장 왕성하게 성장하고 있는 때에 질병, 아니 죽을병에 걸렸다는 것, 도대체 무슨 잘못이 있기에 파킨슨병이라는 듣도 보도 못한 병에 걸렸을까?

도대체 무엇 때문일까? 혹시 죄 때문일까? 목사인 나 자신의 죄 때문일까? 가족들의 죄 때문일까? 혹시 교인들의 죄 때문은 아닐까?

이때의 내 모습이 꼭 요한복음 9장에서 예수님 앞에서 태어날 때부터 소경이었던 사람을 두고 갑론을박하던 제자들의 이야기를 연상하게 하였다.

요 9:3절에 "예수께서 대답하시되 이 사람이나 그 부모의 죄로 인한 것이 아니라 그에게서 하나님이 하시는 일을 나타내고자 하심이라."고 기록된바 오직 하나님께서 계획하신 일이 아름답게 열매 맺을 수 있도록 기도할 따름이다.

   은퇴식을 마친 나는 아내와 반성 고향으로 이사를 했다. 교회를 사임하므로 아무런 부담 없이 교회에 출석할 수 있었다. 교회는 집에서 차로 30분 거리에 떨어져 있다. 주일예배 외에는 참여하기가 힘들기도 하려니와 전임 목사로서 교회에 얼굴을 자주 비치지 않는 일이 후임 목사에 대한 배려가 된다는 생각으로 나는 주일 낮 예배만 참석했다.

   이사 당시 나의 건강은 매우 좋지 않은 상태였다. 잠을 제대로 이루지 못해 늘 심신이 피로한 상태에 있었고 섬망 증세가 나를 매우 곤혹스럽게 했다. 현실과 가상의 세계를 넘나드는 생활이 얼마나 힘든 것인지 절실히 깨달을 수 있었다. 항간에서 말하는 정신병자란 바로 나 같은 사람을 속되게 일컫는 것이다.

   가상 세계를 현실 세계로 착각하다 보니 엉뚱한 행동을 하여 가족과 주변 사람들에게 피해를 주는 일도 심심치 않게 발생한다.

   어느 날 차를 몰고 교회에서 집으로 돌아가다가 깜박 조는 바람에 교통사고가 났었다. 일곱 명이 무리를 지어 가다가 내 차와 충돌했다. 그나마 다행스러운 것은 당시 내 차의 속도가 시속 5km도 안 되었기에 한 사람의 무릎에 상처가 났을 뿐 다른 사람에게는 피해가 전혀 없었다.

내가 차에서 내리자 7~8명의 사람들이 "차를 어떻게 운전하고 다니느냐."며 거세게 항의하였다. 어떤 사람은 빨리 경찰에 신고하자고 목소리를 높이기도 했다. 그때 무리 중 한 사람이 합의를 제안했다.

나는 단호하게 합의를 거절했다. 차는 보험에 들어 있고 또한 블랙박스와 카메라와 모든 식별 장치가 있으므로 법적 절차에 따라 처리하면 어느 쪽도 손해를 보는 일은 없을 것이라고 했다.

그리고 다친 사람이 있다면 보험회사를 통해야만 다친 부분을 잘 치료할 수 있으니 아무 염려 말고 다친 사람은 구급차를 타라고 했다.

사고 주변에는 어느새 민간 구급차가 2대나 와 있고 경찰도 왔는데 보험회사 직원은 도착하지 않았다.

다친 사람은 구급차에 타라고 했더니 6명은 그냥 돌아가 버리고 무릎 다친 한 사람만 차를 탔다. 그런데 한 사람은 한동안 망설이더니 차의 바퀴가 자기 발을 밟고 넘어갔다며 억지를 부리기 시작했다. 나는 속히 병원에 가서 치료받으라고 하며 구급차에 태워 보냈다.

경찰은 내 차를 살펴보고서는 아무 곳도 찍힌 부분이나 찌그러지거나 깨진 부분이 없으므로 보험에 들어 있으니 그냥

가도 된다고 했다.

보험사 직원은 절대로 피해자를 집으로 찾아가거나 병문안
도 하지 말라고 하였다. 또 한 사람은 아무것도 블랙박스에
찍힌 내용이 없는데도 끝까지 애를 먹이므로 합의까지 매우
힘들었다며 고충을 털어놓았다. 그러면서 비록 작은 사고지
만 사고로 기록될 수밖에 없으니 앞으로 더욱 조심할 것을 당
부하였다.

나중에 안 일이지만 피해자들은 같은 종교단체의 일원이었
고 현장에서 합의를 보자고 하며 억지를 부리던 사람은 그들
중 리더급에 속한 사람이었다.

사라진 나그넷길의 쉼터

나의 몸은 점점 더 힘든 상태로 빠져들고 있었다. 마치 소망을 잃은 시간을 무의미하게 흘려보내는 것 같았다.

파킨슨병 환자만이 겪는, 말로 표현하기 어려운 고통과, 어찌할 바를 몰라 발버둥질해야 했던 시간…. 그 상황에서는 하루하루가 지옥이었다. 그때의 나는 생명을 포기하다시피 한 상태였다.

그렇게 힘든 나날을 보내던 때 이웃에서 목회하고 있는 이강근 목사님 내외분이 동역자 친목 모임인 '장목회' 회원들과 함께 우리 집을 방문했다. 나의 상태가 최악이라고 판단한 동역자들은 마지막으로 얼굴이나 보고 예배를 드리는 것이 좋겠다고 하여 소집을 한 것 같았다.

그러나 임종 예배를 드린다는 심정으로 시작한 예배는 예배가 진행될수록 활기와 생기로 채워지기 시작하였다. 생명을 포기하고 싶을 만치 어둡던 나의 마음은 감사와 감격으로 충만했고 나의 얼굴은 생기로 가득 차 있었다. 그야말로 살아

계신 하나님의 능력을 체험한 소중한 시간이었다.

은퇴하고 반성으로 이사 온 지 얼마 지나지 않아 의한이를 비롯한 초등학교 친구 몇 사람을 만났다. 내가 이사 왔다는 소식에 시내에 사는 친구들 몇몇이 함께 모인 것이다. 몇 년 만에 대하는 얼굴이지만 다들 그대로이다. 그런데 나만 이렇게 다 죽어가는 몰골이니 친구들이 깜짝 놀란다.

심지어 삼성이라는 친구는 "아니, 나 같은 놈이 그런 병에 걸린다면 이해가 되지만, 형범이 네가 왜 그런 병에 걸려서 이 모양이냐."고 하며 탄식을 금하지 못한다. 이들 모두는 어렸을 때부터 한 골목에서 뛰놀던 친구들이다.

친구들 모두는 인생 전반기의 삶을 아름답게 마무리하고, 후반기의 삶을 열심히 살아가고 있다. 반가우면서도 한편으로는 부러운 마음이 들기도 한다. 이들과 만났을 때가 나 자신의 건강이 최악의 상태였을 때다. 그러하기에 이들의 건강한 모습이 더 부러웠는지도 모를 일이었다.

친구 중에 강주종은 우리 친구들의 피스메이커였다. 언제 어디서 누구를 만나든 친구가 된다. 그리고 같은 동기였던 아가씨와 일찍 결혼해서 모든 친구의 부러움을 사기도 했다.

주종이는 누구보다도 건강하여 잔병치레를 모르는 친구였다. 그런데 나와 만난 지 얼마 지나지 않아 많이 아프다는 이야기를 들었다. 병명도 모르는 상태에서 병이 깊어져 급하게 앰불런스를 타고 서울아산병원으로 갔지만 병실이 없어 서울성모병원으로 가서 무균실에 있다고 하더니 며칠 지나지 않아 사망 소식이 들렸다.

안타깝고 답답한 마음에 가슴이 내려앉는다. 같이 식사도 하고 나를 위로해 주던 그 주종이가 그 몇 달 만에 세상을 등지다니!

그렇게 건강하고 친구들의 사랑과 부러움을 사던 그 주종이가 현대의술의 혜택도 받아보지 못한 채 손쓸 새도 없이 허망하게 세상을 떠나갔다.

주종이가 아프기 시작할 무렵 나는 내가 섬기던 교회 유튜브에 설교를 올리기 시작했다. 특별히 믿음이 없는 친구들이 관심을 가지고 듣기를 바라는 마음으로 정성을 다해 유튜브 설교를 송출했다.

나는 특별히 주종이가 그 복음을 듣고 예수 그리스도를 구주로 영접했으면 좋겠다고 생각했다. 그래서 신앙 서적을 사서 주기도 하고 간곡한 말로 복음을 전하기도 했다.

나는 주종이가 짧은 기간이지만 병상에서 유튜브 설교를 듣고 예수 그리스도를 구주로 영접했으면 얼마나 좋았을까 하는 생각을 늘 한다. 성령님께서 역사하신다면 무슨 일인들 이루지 못하랴!

나의 고향에는 '땅뒤면당'이라는 조그마한 언덕이 있다. 그곳은 원래 공치재를 넘어가는 길목이었다. 지금은 대로가 뚫려 마음대로 차들이 다니지만, 그때는 그 길을 통해 학교를 걸어 다녔다.

그곳에는 큰 느티나무가 있어서 최근까지도 전통적으로 동신제를 지내던 곳이기도 하다. 지금은 동신제도 사라지고, 또 그 큰 느티나무도 모습이 변형되어 버렸다.

우리 집에서 7~8분이면 도착하는 곳이다. 옛날에는 꽤 높은 언덕이었는데, 이젠 왜 이렇게도 낮은 동네 뒷동산이 되고 말았을까? 나무도 옛날 그 나무이고, 언덕도 옛날 그 언덕인데 말이다. 그만큼 내가 컸다는 말인가 보다.

그 언덕을 조금 더 걸어 올라가면 그늘을 제공하는 꽤 큰 뽕나무 한 그루가 있다. 그리고 그 나무 아래에는 일하다 힘들 때 걸터앉아 쉬거나, 지나가는 나그네가 앉아 숨을 돌릴 수 있도록 만든, 죽은 나무 그루터기를 잘라낸 의자 아닌 의자가 있다.

그루터기 나무 의자는 반들반들 길이 나서 그동안 수많은 사람이 이 의자에 앉아 쉼을 얻고 지나갔던 곳임을 말해주고 있다. 나는 그곳을 자칭 '나그넷길의 쉼터'라고 불렀다.

나는 나그넷길의 쉼터에 앉아 고개를 들어 뽕나무를 쳐다보니 뽕나무 위에 앉아 아래를 쳐다보던 삭게오와 눈이 마주치는 것 같다.

눅 19:5-6절에서 "삭게오야 속히 내려오라 내가 오늘 네 집에 유하여야겠다고 하시자 급히 내려와 즐거워하며 예수님을 영접한 삭게오의 심정"으로, 나는 '땅뛰먼당'에 올라 내가 자라난 동네를 바라보면서 옛 추억을 되돌이키며, 고백한다.

특히나 아버지 장로님께서 개척하고 건축한 저 예배당을 마주보면서 예수님께서 뽕나무 위의 삭게오를 부르시던 그 음성을 사모하며 오늘도 저 교회를 통하여 죽어가는 그 영혼들을 구원하시려는 하나님의 음성 듣기를 소망하며 삭게오의 심정으로 주의 이름을 다시 한 번 불러 본다.

"주님! 저들로 하여금 구원을 알게 하여 주시옵소서!"
"주님! 저들에게 갈급한 심령을 주시옵소서"
"주님! 저들의 부르짖음에 만나 주시옵소서"
할렐루야! 아멘!

이 땅뛰먼당도 처음에는 힘들지 않고도 올라갈 수 있었는데 요즈음은 지팡이를 짚어야만 올라갈 수가 있다.

내가 언제까지 이 의자에 앉아 쉴 수 있을 것인가 생각해 보기도 한다. 그리고 내 뒤에도 또 다른 사람이 이 의자에서 쉬다가 인생을 마감하게 될 것인지도 생각해 본다. 그럴 때마다 이젠 그 동산에 올라가는 횟수가 차츰 줄어들고 있음을 느끼게 된다.

그러던 어느 날 '땅뒤면당' 그 동산에 올라갔더니 내가 이름 지은 '나그넷길 쉼터'가 흔적도 없이 사라지고 말았다. 주위를 살펴보니 바로 그 아래쪽에 새로운 무덤이 생겼다. 중장비 작업을 위해 뽕나무를 잘라내고 그 의자도 없애버린 듯했다. 결국 죽은 자를 위하여 산 자들의 '나그넷길 쉼터'는 사라지고 말았던 것이다.

장목회 회원들과의 예배와 주종이의 뜻하지 않은 죽음, 그리고 '나그넷길 쉼터'가 사라진 일 등을 통해서 느낀 바가 많다.

"범사에 기한이 있고 천하만사가 다 때가 있다(전도서 3:1)"는 사실과, "일의 결국을 다 들었으니 하나님을 경외하고 그 명령을 지키는 것이 인생의 본분(전도서 12:13)"이라는 사실을 뼈저리게 깨달은 것이다.

파킨슨병을 통해서 인생의 오묘한 부분을 현실적으로 깊게 깨닫게 되었으니 이 또한 얼마나 큰 복인가!

파킨슨병과 섬망 증세

이어령 교수도 두려워했다는 섬망 증세가 꼭 파킨슨병 환자에게만 오는 것은 아니지만 파킨슨병 환자라면 누구나 겪게 되는 증상이다. 별다른 치료법이 없고 한 달 정도 지나면 자연히 회복된다. 그러나 그 결과는 엄청난 갈등과 고통 속에 진행되기 때문에 주의가 필요하다.

섬망은 한자로 '譫妄'으로 표기하는데 '譫'은 '헛소리'라는 뜻이고 '妄'은 '허망하다'는 뜻이다.

따라서 '외계外界에 대한 의식이 흐리고 착각과 망상을 일으키며 헛소리나 잠꼬대, 또는 알아들을 수 없는 말을 하며, 몹시 흥분했다가 불안해하기도 하고 비애悲哀나 고민에 빠지기도 하면서 마침내 마비를 일으키는 의식 장애'로서 만성 알코올 의존증, 모르핀 중독, 대사 장애 따위에서 볼 수 있다.

섬망이란 일시적으로 의식에 문제가 생긴 상태를 말한다. 주의력 저하, 언어력 저하와 같은 각종 인지 기능 장애를 동반하며 과대 행동, 환각 등의 증상이 함께 나타나는 경우가 있다.

통계에 따르면 병원에 입원한 노인 환자 중 약 30%가 섬망 증세를 경험하는 것으로 드러났다.

섬망의 원인으로는 뇌 질환, 감염성 질환, 내분비·대사성 질환, 심혈관 질환, 호흡기 질환, 알코올 중독, 약물 금단, 낯선 장소로 거처를 옮길 경우 등이 있다.

증상으로는 갑자기 발생한 의식 장애, 주의력 저하, 언어력 저하 등의 전반적인 인지 기능 장애와 정신병적 증상을 유발하는 신경정신 질환이다.

전에는 그냥 망상이라고만 생각했는데, 알고 보니 섬망 증세는 질병으로 구분되고 있었다. 이것도 약물 과다로 인한 중독으로 말미암아 나타나는 후유증이라는 것이다.

나 역시 섬망증으로 적지 않은 어려움을 겪었다. 기억나는 대로 몇 가지 사례만 소개한다. 그 일부만을 소개해도 섬망 증세의 실상 파악과 유사시 대처에 도움이 될 것이다.

【사례 1】

이미 언급한 바와 같이 교회 주변 밭에서 가을걷이 후 남겨진 투명비닐의 펄럭임을 천사들의 찬양으로 착각하는 동시에 검은 비닐의 펄럭임을 사탄의 노래로 규정하고 그 천사들을 만나 함께 사탄의 세력을 물리치기 위해 차를 운전하여 비닐이 펄럭이는 현장에 갔던 일. 이때 정신이 몽롱한 중에 운전함.

【사례 2】

무슨 이유에서인지 기억이 나지 않으나 새벽 4시에 일어나 평소 왕래도 없고 전화도 전혀 없던 초등학교 동창에게 전화를 걸었는데 상대방이 수화기를 드는 순간 아차 싶어서 "친구야, 미안하다. 전화번호를 잘못 눌렀어." 하며 양해를 구했을 때 친구는 "지금 우리 나이 때 이런 실수가 자주 일어나더라." 하며 도리어 위로해 줌. 이 친구는 내가 파킨슨병을 앓고 있다는 사실을 당시에는 모르고 있었다.

【사례 3】

새벽에 사촌 형 서형욱 장로에게 전화를 걸어 지금 새벽기도회에 나갈 시간인데 요즘 새벽기도회에 잘 참석하느냐고 물음.

【사례 4】

모든 상황이 매우 힘들게 돌아갈 때, 담당 교수님의 권고에 따라 병원에 입원하여 내가 복용하는 모든 약과 생활 모습을 종합적으로 파악하던 어느 날 밤, 잠을 자다 일어나서 커튼을

걷고서는 옆사람의 침대머리를 타고 건너가고, 그다음 방을 건너가다가 발이 미끄러져 잠자던 환자를 그대로 덮침.

다행히도 그 환자 역시 나와 같은 형편으로 입원하였고, 몸에 아무런 주사도 맞고 있지 않았기에 큰 피해가 없었으며, 동병상련으로 같은 처지에서 서로를 이해하였기에 아무 문제도 발생하지 않음.

그때 그 환자도 깜짝 놀라 나를 붙잡고서는 "누구냐? 꼼짝하지 마! 어느 나라에서 왔어?" 하고 물었다. 나는 그대로 꼼짝하지 못한 채 "예! 나는 대한민국 국민입니다!"라고 대답했다.

공교롭게도 발이 침대 위쪽 머리 부분에서 미끄러지는 순간에야 번쩍 정신이 들고 상황 파악을 제대로 할 수 있었다.

【사례 5】

진주시 반성으로 이사 온 지 이틀째 되는 날이다. 아내는 경남 과학고등학교 방역팀의 일원으로 오후 4시에 출근해서 오후 8시에 마치는 일로 생활비를 보태고 있다.

그날따라 아내가 어떤 여자와 함께 1시간 일찍 집에 와서는 거실에 앉아 울고 있는 것이 보였다. 그 모습을 자세히 살펴보니 치마 밑에서 피가 흘러내리고 있었다. 이게 무슨 일이냐, 이유가 무엇이냐? 하며 다그쳐도 아내는 아무 대꾸도 없이 울기만 한다.

그 순간 '아, 직장에서 성폭행을 당한 모양이구나' 하는 생각에 "그대로 가만히 있어. 내가 119에 신고할 테니까." 하자 아내는 고개를 끄덕인다.

신고 전화를 받은 119대원은, 이 사건은 자신들만 출동하는 것이 아니라 경찰과 같이 출동하여 조사해야 한다고 했다.

전화를 끊고 주위를 돌아보았더니, 아무도 없는 것이었다. 순간 '아차, 내가 섬망에 빠졌구나.' 하는 생각이 들어 당황스럽기 이를 데 없었다.

잠시 후 119 구급대와 경찰차가 동시에 도착했다. 상황을 살펴본 구급대원과 경찰관들은 허위신고였음을 감지하고 나를 파출소로 연행했다.

간단하게 나의 신원을 조회한 경찰관은 아내의 전화번호를 물어서 통화를 시도했다. 그런데 무슨 일로인지 연결이 되지 않았다. 과학고등학교에도 전화를 해보았지만 역시 연결이 되지 않았다.

경찰관은 아내가 타고 다니는 차는 어떤 종류이며 무슨 색인가를 물었다. 내가 동의만 해주면 즉시로 수배령을 내려 아내의 위치를 파악할 수 있다는 것이었다. 나는 그럴 사항은 아닌 것 같으니 조금만 기다려 보자고 했다.

모두가 난감해하던 때 아내에게서 전화가 왔다. 지금 퇴근

하는 중이라고 했다. 경찰관이 나에게서 전화를 넘겨받아 즉시 파출소로 올 것을 요청했다.

조사를 받으면서 아내는 지금 나의 사정을 조리 있게 설명하며 경찰관들에게 이해를 구했다. 아내는 남편인 내가 파킨슨병을 앓고 있는데 섬망 증세로 큰 혼란을 겪고 있으니 참작하여 선처해 주기를 간곡히 부탁했다.

잠시 후 진주경찰서에서 파견된 남녀 두 명의 형사가 파출소에 도착했다. 성폭력 사건은 특수 사건으로 분류되기 때문에 경찰서의 조사를 받아야 한다는 것이었다.

형사들은 아내와의 갈등 관계, 아내의 외도 등을 중점으로 조사했다. 결국 아무 혐의가 없음을 확인한 형사들은 집으로 돌아가도 좋다고 했다.

【사례 6】

현재 거주하고 있는 집에서 특별 집회가 열렸다. 처음으로 복음을 접한 사람들이 많이 참여해서 집회가 길어졌다.

그런데 집회가 길어지자 약속을 핑계로 기존 성도들은 다 돌아가고 심지어 새 신자를 전도해온 성도들도 돌아가고 새 신자 10여 명만 남았다.

결국 내가 집회를 마치고 새 신자들을 차에 태워 진주 시내로 가서 숙소를 정해주어야 할 상황이었다. 새 신자들을 승합

차에 태워 진주 시내로 가던 중 2명이 도중에 내렸다.

이때 내 맘속에 섭섭한 마음이 불쑥 치솟아 올랐다. 이런 일까지 내가 해야 하나 하는 생각이 나를 몹시 힘들게 하는 것이었다. 이런 상황이 되고 보니 많은 새 신자를 데려온 손 은숙 권사님이 고맙기는커녕 오히려 원망스럽기까지 했다.

나는 손 권사님에게 화풀이할 심산으로 전화를 걸었다.

"권사님, 이게 뭡니까? 사람들을 데리고 왔으면 끝까지 책임을 지셔야지 이대로 내팽개쳐 놓고 가버리면 어찌하자는 것입니까?"

그런데 내 목소리를 확인한 권사님은 "아이고, 우리 목사님, 우짜꼬!" 하며, "지금 어디 계십니까?" 묻는 목소리에는 울음이 깃들어 있었다.

그러자 이번에는 남편 김 집사님의 목소리가 들렸다.

"아니, 목사님! 무슨 일이 일어났습니까? 이 시간에 웬 전화입니까?"

김 집사님의 말에 시계를 보니 그때의 시간이 새벽 2시였다.

"내가 지금 성도들을 태우고 시내로 가고 있는데 기존 성도들은 다 가버리고 새로 온 사람들만 남아서 내가 이분들을 진주로 모시고 가는데 이런 일까지 내가 해야 하나 싶어 섭섭한 마음에 권사님께 전화를 걸었습니다."

"목사님, 지금 운전 중이십니까? 예. 그러면 어디쯤 가고 계십니까? 누구와 같이 가십니까?"

"예, 같이 예배드리던 성도들과 함께 진주로 가고 있습니다."

그렇게 말하고는 뒤를 돌아보았다. 그런데 이게 웬일인가? 차 안에는 아무도 없고 나 혼자 승합차가 아닌 승용차를 운전하고 있었던 것이다.

내가 황당해 어찌할 줄 몰라 할 때 집사님은 재차 어디쯤 가고 있느냐고 물었다. 순간적으로 섬망에 빠졌다는 것을 깨달은 나는 정신을 바짝 차리고, 지금 진성 공단을 지나고 있다고 알려드렸다. 집사님이 다시 물었다.

"그러시면 제일 먼저 나오는 교차로가 어디입니까?"

"예, 국제대학 교차로입니다."

"그러면 교차로에서 나와 저희 집으로 오십시오."

그 순간 찾아온 허망함과 창피함과 자괴감과 무력감은 이루 말로 표현할 수 없을 만치 나를 참담하게 만들었다. 그래서 "집사님! 그냥 곧바로 집으로 돌아가겠습니다." 하고서는 차를 돌려 집으로 왔다.

아내는 아무것도 모른 채 자고 있었다. 아내가 깨지 않게 조심스럽게 들어가 다시 잠자리에 누웠지만, 잠이 올 턱이 있겠는가?

이래서 파킨슨병 환자의 극단적 선택이 다른 질병군에 비해 갑절로 높다는 이야기가 실감나는 밤이었다.

사랑의 인술

약효 시간이 점점 짧아진다. 5시간이 정상인데 그 절반인 2시간 30분이면 약효가 소진됨을 느낀다. 심한 설사를 하고 난 뒤에 나타나는 현상처럼 기진맥진한 상태로 온몸의 뼈가 마디마다 쑤시기 시작한다. 특히 등과 배근육의 통증이 심하게 나타난다. 다음 약 먹을 시간이 되어 약을 먹는다고 할지라도 그 약의 효과가 나타나기까지 30여 분이 소요된다. 그러므로 도합 3시간 정도는 약이 없는 상태로 지내야 한다.

매일 먹는 약의 투약 시간은 아침 7시, 12시, 저녁 5시, 밤 9시이다. 하루에 4번을 먹어야 하는데 약효 유지 시간의 단축으로 하루의 절반은 파킨슨병의 고통에서 벗어날 수가 없다. 그 고통을 진통제로 다스리자니 진통제를 의지하는 시간이 점점 길어지기만 했다.

이렇게 진통제 의존도가 높아만 갈 때 김민경 교수님이 부르셨다. 새로 조제한 약이 있으니 먹어보라는 것이었다. 한 주간 동안 먹어보았으나 효험이 없었다. 교수님은 그다음 주

72

에도 역시 새로 조제한 약이라며 먹어보라고 했다. 안타깝지만 '역시나'였다. 그런데도 교수님은 또다시 나를 불러서 새로 조제한 약을 먹으라고 했다. 역시 마찬가지였다. 벌써 4번째 겪는 실패이다.

교수님은 그다음 주 다섯 번째로 나를 불렀다. 비장한 표정이다.

"이번 조제에도 실패하면 더 이상 나도 어찌할 방법이 없습니다. 그러나 이게 효과가 있으면 더 좋은 약으로 연결될 수 있습니다."

나는 기대보다는 이젠 마지막이구나! 하는 심정으로 약을 먹었다. 그런데? 쾌재! 약의 효과가 무려 5시간으로 늘어났다. 할렐루야!

나는 지체하지 않고 이 소식을 김민경 교수님께 전해 드렸다. 교수님은 기쁜 마음을 박수로 나타내었다. 마치 교수님 자신을 환자로 착각하고 있는 것 같았다.

누군들 교수님 같은 상황에서 기뻐하지 않을 사람이 있을까마는 그 당시 내가 교수님에게서 느낀 감정은 '이것이 의사의 참된 모습이구나!' 하는 것이었다.

나는 참된 의사의 진면목을 보았고 이런 의사의 진료를 받는 것이 큰 복이라는 생각이 들어서 하나님께 감사의 기도를 드렸다.

교수님은 결코 한가한 분이 아니라는 걸 나도 잘 안다. 환자가 너무 몰려와서 교수님께 진료를 받으려면 적어도 3개월을 기다려야 한다. 그 바쁜 중에도 환자와 깊은 대화를 나누며 문제들을 하나하나 해결해 나가는 그 모습에서 참된 의료인의 모습을 발견하게 되는 것이다.

김민경 교수님과 더불어 잊히지 않는 분이 이지영 간호사이다. 이지영 간호사는 환자의 위치에서 환자의 고충을 잘 들어주는 분이다.

김민경 교수님의 다섯 번째 처방이 효험을 보이자 그다음에는 더 좋은 약으로 연결된 처방전을 받아서 늘 가던 약국으로 갔다. 그런데 처방전을 받아본 약사의 표정이 어두워졌다. 듣도 보도 못한 이런 약을 어떻게 조제할 수 있겠냐고 하며 다른 약국에 가보란다.

옆의 약국으로 가서 물었지만 역시 그런 약은 없단다. 눈에 띄는 약국은 다 들어가 보았지만 한결같이 그런 약은 없다는 것이었다.

할 수 없이 병원으로 돌아왔더니 오전 진료는 다 끝나고 간호사들도 모두 식사를 위해 나가고 이지영 간호사만 혼자 남아 뭔가를 정리하고 있었다.

내 이야기를 들은 이지영 간호사는 아는 약국마다 전화를 걸었다. 역시 없단다. 이쯤 되면 그 누구라도 짜증을 낼 법

한데 이지영 간호사의 표정에는 그런 빛이 전혀 나타나지 않았다.

옆에서 지켜보는 내가 오히려 미안한 마음이 들어 안절부절못하겠는데 이지영 간호사는 마지막으로 병원 내 약국으로 전화를 해서 내가 찾는 약이 있는지 물었다. 감사! 감사! 감사! 병원약국에는 그 약이 있었다.

문제는 처방전을 고쳐야 하는 일이었다. 원외 처방이 아니라 원내 처방으로…. 하지만 교수님께 수차례에 걸쳐 전화를 드렸는데도 연결이 안 된다. 그런데 어떻게 된 일인지 이지영 간호사가 수정된 처방전을 가지고 왔다. 아마도 이지영 간호사는 이날 점심 식사도 못 했을 것 같다.

이지영 간호사와 같은 분들이 있기에 병원을 찾는 많은 환자가 좋은 의료 혜택을 받을 수 있으니 감사하기 그지없다.

그동안 나는 한국에서 내로라하는 병원이나 의료진들은 다 겪어 보았다. 그러는 과정에서 절실히 느낀 바는 환자를 가족같이 돌보아 주며 환자의 이야기를 잘 들어주는 병원이나 의료진이야말로 진정한 우리의 이웃이며 최고의 찬사를 받아 마땅하다는 것이었다.

김민경 교수님이나 이지영 간호사와 같은 의료진들의 헌신적인 진료에 힘입어 나의 병은 점점 호조를 보이고 있었다. 나는 사랑의 인술을 펼치는 분들이 너무도 고마워서 하나님께 감사의 기도를 드렸다.

　김민경 교수님이 수술을 제안했다. 현재 복용하는 약의 효과도 언제 소진될지 모르기에 이제 파킨슨병 수술을 받아보는 것이 어떻겠느냐고 했다.

　내가 받을 수술은 뇌심부자극술이라고 했다. 교수님은 뇌심부자극술에 관해서 설명해 주셨는데 무슨 뜻인지 이해하기가 어려워서 인터넷 검색을 시도해 보았다

　"뇌심부자극술(Deep brain stimulation, DBS)은 뇌조율기라 불리는 의료장치를 뇌 안에 이식하는 외과적 치료법이고 전기치료(electro-therapy)의 일종이다. 뇌조율기는 전극의 한 종류인데, 이를 뇌에 집어넣어 뇌의 신호를 측정하는 역할을 한다. 이러한 뇌조율기는 뇌의 특정 부위에 전기적 자극을 보낸다. 만성 통증, 파킨슨병, 진전, 근긴장이상증 등의 효과적인 치료를 위해 특정 뇌 부위에 뇌심부자극술을 할 수 있다. 뇌심부자극술은 오래전부터 시행되어왔으나 원리나 기전은 명백하게 알려진 바가 없다. 뇌심부자극술은 뇌의 활동에 직접적인 영향을 주어 조절할 수 있는데 그 효과는 가역적이다. 미국의 FDA는 1997년에 뇌심부자극술을 수전증의 치료법으로 승인하였고 이어 2002년 파킨슨병, 2003년에는 긴근장이상증의 치료법으로도 승인하였다. 뇌심부자극술은 환자들에게서는 효과적인 것으로 증명되었으나 동시에 잠재

적으로 심각한 부작용과 합병증의 위험도 가지고 있다.”

교수님의 설명에서 내가 주목한 내용은 얼마 전까지만 해도 파킨슨병의 뇌 수술은 불가역적 수술이었지만 이제는 가역적 수술이라는 것이었다. 만일 수술이 잘못되거나 부작용이 생겨 작동을 중지하면 다시 원래 상태로 돌아온다는 것이다. 이것이 바로 뇌심부자극술이라고 말씀하신다.

나는 “교수님이 하라시면 무조건 따르겠습니다. 어느 병원에서 수술해야 좋겠습니까?” 하고 물었다. 교수님께서는 당신이 전문의 수업을 한 삼성서울병원을 추천하셨다. 그리고 자신의 스승이신 윤진영 교수님을 소개해 주셨다.

그날 즉시 삼성서울병원에 전화로 예약을 신청했다. 그런데 대기 인원이 많아 6개월 후에나 첫 진료를 할 수 있다고 했다.

6개월이나 기다려야 한다는 말이 부담스럽기는 했지만 그래도 기쁜 마음으로 예약을 마쳤다. 파킨슨병 치료의 길이 넓어졌다는 사실이 참으로 기뻤다. 그때까지 지금 먹는 약으로도 충분히 버텨나갈 수 있으리라는 확신이 나를 더욱 기쁘게 했다.

드디어 2023년 5월 2일 오후 2시 10분에 삼성서울병원 신경과에서 첫 진료를 받게 되었다. 예약 날짜에서 2주간이 앞당겨진 시간이었다.

진료실에 입실하여 사전 예진을 받았다. 그 뒤에 윤진영 교수님이 들어오셨다. 생각보다 젊다는 생각이 들었다. 교수님은 먼저 나의 나이와 직업을 물으셨다.

"만으로 예순다섯 살입니다. 목회자로 교회를 섬겼습니다만 지금은 은퇴했습니다."

"이 병원에 왜 오셨습니까? 그리고 뇌심부자극술이라는 수술을 받으면 어떤 결과가 있으리라고 생각하십니까?"

나는 유튜브에 올라 있는 교수님의 영상을 보고 대략 알고 있는 지식으로 대답했다. 그랬더니 교수님은 모두 잘못 알고 있다고 하며 뇌심부자극술이 어떤 수술인지 설명해 주셨다.

"사람들은, 선택의 여지가 없을 때 마지막 수단으로 실시하는 것이 뇌 수술이라고 생각할 뿐만 아니라 잘못되면 돌이킬 수 없는 상황에 이를 수 있다고 오해하여 수술을 두려워합니다. 그러나 뇌심부자극술이라는 수술은 불가역적인 수술이 아니라 가역적 수술이기 때문에 혹 수술이 잘못되는 경우라도 다시 옛 상태로 얼마든지 되돌릴 수 있기에 수술을 두려워하거나 잘못되면 끝이라는 생각은 버려야 합니다. 그리고 이 수술의 성격은 약 대신 전기 자극으로 뇌를 속이는 것이라 할 수 있습니다. 그러므로 이 수술을 받을지라도 병이 없어지지 않습니다. 병은 그대로 진행되더라도 그 영향력에서 벗어나는 것입니다. 그래서 수술과 더불어 약을 먹어야 합니다. 특별한 경우 수술이 잘되어 약을 먹지 않아도 되지만 대부분 약을 같이 먹어야 합니다. 물론 약의 양은 현저히 줄어듭니다."

설명을 마친 교수님은 이제 내가 결정할 일만 남았다고 했다.

"여기 오는 환자들을 살펴보면 대략 두 종류로 분류할 수 있습니다. 어떤 분은 우리 병원에 대한 소문을 듣고 사실 여부를 살피러 오는 사람들입니다. 또 어떤 분은 수술받을 준비를 하고 오는 분들입니다. 목사님은 어찌하시렵니까? 집에 가서 의논해 보고 결정하시렵니까? 그러시면 집에 가셔서 자녀들과 함께 의논하시고 연락을 주십시오."

나는 망설이지 않고 큰 소리로 말했다.

"나는 수술받기 위해 왔습니다."

"그래요!"

교수님은 옆에 있는 간호사에게 수술할 수 있는 날짜가 언제냐고 물었다.

"5월 21일이 비어 있습니다."

"그러면 그날 오후 5시까지 병원에 입원하십시오. 세 번에 걸쳐 검사와 수술이 진행되는데 한 주간씩 입원해야 합니다."

나는 내심 놀라움을 금치 못했다. 오늘 첫 진료를 보기 위해 6개월이나 기다렸는데 첫 진료를 받은 지 2주 만에 수술을 받을 수 있다니, 이건 그야말로 파격 중의 파격이 아닐 수 없었다.

하나님의 역사하심이 없다면 어찌 이와 같은 일이 일어날 수 있겠는가! 일반적으로 서울의 상급병원의 수술 예약은 최소 기간이 6개월이라고 하는데 겨우 2주일이라니!

"고마우신 하나님 아버지, 정녕 웬 은혜입니까! 웬 사랑입니까! 할렐루야!"

그런데 할렐루야 찬송으로 모든 일이 다 해결된 게 아니었다. 문제는 또 다른 데서 불거졌다. 수술을 위해서 진주에서 서울까지 가려면 고속버스를 이용해야 한다. 5월 하순이면 날씨가 덥다. 대중이 이용하는 고속버스이기에 에어컨을 작동한다. 나는 에어컨 바람을 쐬면 온몸이 경직된다. 이는 보통 문제가 아니었다.

그런데 다시 한 번 "할렐루야!" 하나님께서는 여호와 이레로 이미 내가 타고 갈 차를 준비해 놓으셨다.

청도가 고향이면서 경기도 파주에서 목회하는 이창희 목사님이 고향 방문차 내려왔는데 올라갈 때 같이 가자는 것이었다. 이창희 목사님은 신학교 동기이지만 나이는 형님뻘이다.

이창희 목사님은 주일날 교회에 들러 함께 예배드리고 함께 상경했다. 나는 9인승 카니발을 타고 편안히 삼성서울병원 본관 앞에까지 올 수 있었다.

계절은 5월 하순의 늦봄이지만 날씨는 몹시 더웠다. 에어컨을 틀지 않은 상태에서 땀을 뻘뻘 흘리며 운전하던 이창희 목사님을 나는 지금도 잊지 못한다.

이창희 목사님은 지금도 자신의 환자인 양 늘 곁에서 돌보아 주고 있다. 항상 전화로 연락하고 내가 상경할 때마다 찾아와서 위로와 용기를 북돋아 준다.

하나님께서는 당신의 일을 이루어 가실 때 사람을 통해서 역사하신다. 그날 그때 그 사람을 예비해 두셨다가 만나게 하시고 그 관계를 통해서 뜻과 섭리를 아름답게 이루어 가신다.

나는 제자선교회라는 단체의 일원이다. 모임에서 막내인 내가 제일 먼저 장례를 치를 뻔하다 보니 회원들의 염려가 그칠 새가 없다.

경남 진주와 경기도 파주, 몸은 비록 멀리 떨어져 있을지라도 마음만은 언제나 함께하는 제일 가까운 친구요 형님이시다. 형님을 생각할 때마다 감사한 마음에 머리를 숙인다.

그런데 요즘 형님의 건강이 염려스럽다. 늘 먼저 카톡을 보내던 형님이 연락이 없다. 전화를 해도 통화가 이루어지지 않는다.

사모님께 연락을 드려보았다. 우려한 대로 건강에 이상이 와서 이곳저곳 병원 다니느라 힘든 상태라고 한다. 빠른 쾌차를 위해서 기도한다.

개선문이 보이다

2023년 5월 21일 오후 5시, 삼성서울병원 1556호실에서 새 생명의 역사는 시작되었다. 수술을 위한 전초작업으로 그 동안 먹었던 마도파의 약효를 완전히 빼는 작업을 시작한 것이다.

3일간 약을 먹지 않으니 견디기가 힘들다. 걸을 수도 없다. 이 모든 과정을 영상으로 남긴다. 또 몸의 모든 기능을 측정하여 데이터로 남긴다.

그런 다음 약을 먹고 약으로 말미암아 회복된 상태를 영상에 담아서 몸의 기능 데이터를 비교 분석하여 수술이 적합한지를 결정하는 것이었다.

그 과정이 너무나도 힘들었지만 그래도 수술이 적합하고 또 수술의 목적도 거둘 수 있다는 판단이 내려졌다는 사실에 나는 크게 고무되었다.

마지막으로 정신과 교수의 질문이 있었다.

"무슨 일을 하셨습니까?"

"예, 목회자로서 교회를 섬겼습니다."

"혹시 요즘 우신다든지 눈물을 많이 흘리십니까?"

아내가 나 대신 대답했다.

"예! 조금만 이야기해도 웁니다."

"왜 우시는지요?"

"나는 분명 죽었어야 할 사람인데 이렇게 살아 있다는 것 자체가 감사하고, 오늘에 이르기까지 주변의 교수님들과 성도들, 그리고 친구들의 기도와 응원으로 내가 지탱할 수 있었고 또 수술까지 받게 되었으니 이 모든 것이 하나님의 은혜라는 생각이 들어서 얼마나 감사한지 모르겠습니다. 이런 일들을 생각만 해도 눈물이 쏟아집니다. 나는 참 복을 많이 받은 사람 같습니다."

"예! 잘 알겠습니다. 충분히 수술받을 자격이 있으십니다. 반드시 성공적으로 수술이 진행될 수 있도록 최선을 다하겠습니다."

이러한 문답이 진행된 후 신경과, 신경외과, 정신과 담당 교수들이 와서 검사 결과를 알려주면서 격려를 아끼지 않았다. 7월 12일, 드디어 그렇게도 기다리던 뇌심부자극술 수술이 결정되었다.

7월 10일, 입원을 위해 버스를 타고 서울로 올라갔다. 가는 길에 휴대전화로 입원 수속을 했다. 요즈음은 모든 일을 휴대

전화로 처리할 수 있는 편리한 세상이 되었다.

얼굴과 얼굴을 마주하여 일일이 펜으로 기록하고 서명날인하여 제출해야만 입원이 가능한 시대는 이미 지나갔다.

입원실에 들어간 나는 창가 쪽에 있는 침대를 선택하여 자리를 잡았다. 먼저 온 사람에게 주어진 선택권을 활용한 것이다. 그런데 이것이 매우 잘못된 선택이었음을 하룻밤을 자고 나서야 깨닫게 되었다.

삼성서울병원은 모든 시스템이 중앙공급 체계로 되어 있었다. 각 병실의 냉난방을 마음대로 조절할 수가 없다. 창문도 열 수가 없다. 사정이 이렇다 보니 바로 옆에서 나오는 냉기 시스템은 끌 수가 있지만 창문 위에서 나오는 냉기 및 환기 시스템은 24시간 자동으로 가동되고 있다. 에어컨 바람을 직접 맞으면 온몸이 굳어지는 나에게는 그야말로 치명타가 아닐 수 없었다.

첫날 밤은 그야말로 잠도 못 자고 뜬눈으로 지내며 에어컨과의 사투를 벌일 수밖에 없었다. 그런데 하나님께서는 이 상황에서도 나를 도우셨다. 내가 전전긍긍하는 모습을 본 담당 간호사가 직접 나의 침대를 밀고서 간호사실 옆의 관찰실로 데리고 가서 그곳에서 밤을 지내도록 배려해 준 것이다.

그곳에는 창문이 없기에 냉난방 시스템을 조절할 수가 있었다. 간호사는 냉방 시스템을 미리 끄고 나를 그 방으로 데리고 가서 잠시나마 잠을 잘 수 있도록 조치와 배려를 해준 것이다.

다음날 어떻게 하면 저 위에서 나오는 찬바람을 막을 것인가 고민을 하다가 가지고 간 무릎담요를 창문의 커튼과 연결하여 바람을 직접 쐬지 않도록 했다. 공교롭게도 그 모습이 캠핑장에 설치한 텐트 같았다.

나의 병실을 찾는 의료진들과 간호사들은 한결같이 여기는 병실이 아니라 꼭 텐트를 친 캠핑장에 온 기분이라고들 했다.

7월 12일, 수술날이다. 아침 7시 30분경 이송팀에서 사람이 왔다.

"서형범 씨, 저와 같이 가시죠."

휠체어를 타고 지하실로 내려갔다.

그런데 그곳이 얼마나 춥던지 나의 몸은 벌벌 떨리면서 경직되기 시작했다. 그래서 간호사를 불러 도움을 요청했다.

간호사는 우선 에어컨 냉기가 직접 닿지 않는 곳으로 나를 옮기고 침대 덮개를 가져와 몸을 감싸 주었다. 그러나 나의 몸은 계속 떨리면서 견디기가 힘들었다. 일종의 공포감마저 스며들었다.

나는 기도했다.

"하나님, 힘을 주시고 잘 감당할 수 있도록 도와주시옵소서!"

간절히 속삭이며 부르짖었다.

순서에 따라 렉셀 프레임으로 머리를 고정하고 MRI를 찍기 위해 대기할 때 침대가 왔다. 그 위로 옮겼다. 언제 그렇게 추웠느냐는 듯이 침대 속은 따뜻한 바람이 나오는 것 같고 온화하기 이를 데 없었다.

측량할 수 없는 하나님의 은혜와 사랑이여! 할렐루야!

내 입에서는 할렐루야 찬송이 끊임없이 흘러나왔다.

나는 머리가 고정된 채로 MRI를 찍고 수술실로 들어갔다. 신원을 확인하자 수술실 문이 열렸다.

침대에 누운 채로 몇 개의 문들을 통과하면서 내 몸은 서서히 무엇에 빨려 들어가는 느낌이 들었다.

얼마 후 깨어나 보니 내가 누워 있었던 입원실이었다. 머리에는 고깔모자가 씌어 있었다.

이틀 후 수술 부위 소독을 위해 고깔모자를 벗고 수술 부위에 붙였던 모든 가제를 벗기고 보니 머리는 완전히 깎여 삭발이 되었는데 머리 앞부분에 더 많은 상처가 있었다. 가슴에는 소독이 필요 없는 테이프가 붙여져 있었다. 그것은 자연적으로 녹아 없어지는 실이라고 했다.

퇴원하면 이틀에 한 번씩 외과적인 소독 치료를 받아야 하는데 신경외과가 있는 병원을 선택하라고 했다. 나는 진주 H 병원을 선택했다.

수술 후 며칠간 경과를 지켜본 나는 무사히 퇴원할 수 있었다.

보답할 길 없는 하나님의 은혜

어릴 적 불렀던 6·25 노래가 생각난다.

'아아 잊으랴 어찌 우리 이날을…'

60~70세 연령대만 해도 6월 25일만 되면 학교에서 기념식을 했고 이 노래를 불렀다. 6·25의 참상을 잊지 아니하고 또다시 그런 역사를 되풀이하지 않게 하려고 노력했다. 그러나 요즈음의 젊은 세대들은 6·25가 무엇인지, 왜 기억해야하는지 다 잊어버리고 말았다. 실로 안타까운 일이 아닐 수없다.

매사 마찬가지 아닌가. 지금은 하나님의 은혜를 체험하고 평생 하나님께 감사하며 살 것 같지만 그 감사가 어느 시점에서 그치게 될지 알 수 없는 일이다. 그래서 나는 이 은혜를 가능한 한 오래도록 기억하기 위하여 이렇게나마 기록으로 남겨두고자 하는 것이다.

앞이 안 보이는 고통의 시간과 위기 상황 속에서 나를 살려 주신 그 은혜를 아무리 미사여구를 총동원하여 찬양한다고 할지라도 그것이 일시적 유희로 끝난다면 무슨 소용이 있을 것인가!

"여호와께서 내게 주신 모든 은혜를 무엇으로 보답할꼬!" (시 116:12)

오직 하나님의 은혜로 충만함을 입지 못한다면 어떻게 이런 찬송이 내 입에서 흘러나올 수 있겠는가!

우리는 일상에서 겪는 일들에 대하여 너무나도 당연시하는 경향이 있다. 한번 생각해 보자. '은혜'의 반대말이 무엇이라 생각하나? 배신? 배반? 아니면 배은망덕?

나는 '당연'이라고 생각한다. 당연히 그렇게 되는 것인데 무슨 호들갑이냐고 하는 것, 그거야말로 은혜를 모르는 배은망덕 중의 배은망덕이라고 생각한다.

그러나 아무리 하찮은 일이라도 오직 하나님의 은혜로 이루어진다는 것을 나는 체험을 통해서 알게 되었다. 앞에서 이미 언급했거니와 그 증거들을 다시 간추려보면 다음과 같다.

1) 마도파(명도파)의 허니문 기간[1]이 끝나가므로 차츰 다가

오는 'of 시간'[2].

아무리 발버둥을 쳐도 속수무책, 돌파구를 찾지 못한 채 아내와 같이 울어버린 상황에서도 하나님께서는 나를 떠나지 아니하셨다.

이미 보내주신 김민경 교수님을 통해 'of 시간'이 줄어들게 하셨고 새로운 치료의 길로 인도하셨다.

2) 병원에 접수한 지 6개월 만에 첫 진료가 이루어졌다면, 당연히 다음 진료도 그 이상의 시간이 걸릴 것으로 생각하고 있었다. 그런데 바로 2주 후에 2차 진료가 이루어졌고 2달 후로 수술 날짜를 확정했다. 그 날짜에 다른 사람이 등록되어 있었으나 무슨 이유인지 모르겠지만 하나님께서는 나를 위해 그 날짜를 비워놓으신 것이다. 할렐루야!

과연 이것이 서울의 5대 병원 중 하나라는 삼성서울병원에서 기대할 수 있는 일인가? 더구나 인맥도 전혀 없는 상황에서 말이다. 혹시 인맥이 있다고 할지라도 이젠 그런 인맥이 통하지 않는 시대인 것이다.

---

1) '마도파, 명도파'는 파킨슨병의 치료제이며, 약이 잘 듣는 시기를 '신혼 기간'이라고 한다.
2) 'of 시간' = 파킨슨병의 통증을 고스란히 감내해야 하는 시간.

3) "서형범 씨! 호송팀입니다. 옷은 다 갈아입으셨죠?"

그때 나는 환자복만 입고 있었다.

"휠체어를 타시죠."

휠체어를 타고 지하 2층의 MRI실로 이송되었다. 이어 수술 절차가 시작되었다. 찬바람 앞에서 나는 물에 빠진 생쥐가 되어버렸다. 간호사가 급하게 침대 커버를 가져다가 덮어주었다. 추워 떨고 있었지만, 머리에 프레임을 설치하기 시작했다.

감마나이프 방사선 수술(감마선의 방사선을 이용하여, 칼을 가지고 수술한 것처럼 정교하게 병변을 치료하기 위한 방사선 치료의 한 부분)을 위해서 머리에 프레임이 설치되기 시작했다.

알루미늄으로 된 쇠막대기를 머리와 얼굴에 대고 못으로 박아 고정했다. 나사못이 나의 피부를 뚫고 머리뼈에 닿자, 조금씩 조금씩 나사못은 조여들기 시작했다. 꽉 붙잡혀 머리와 얼굴이 쇠 금속 프레임과 하나가 되도록 나사못은 나의 머리를 뚫고 들어왔다. 좌우 앞뒤를 돌아가며 최상의 상태를 위해 나사못은 차츰 나의 머리에 박히기 시작했다.

나사못이 들어가는 부위에는 스프레이 국소 마취제가 뿌려졌다. 분명한 것은 이 모든 과정이 수작업이다. 의사의 손을 통하여 이루어진다. 조금만 더 조여도 자칫 뇌에 구멍이 뚫릴 수 있다. 덜 조인다면 프레임이 머리와 따로 놀게 된다. 그렇게 되면 수술의 결과는 달라질 수밖에 없는 것이다.

순식간에 머리가 무거워진다. 머리가 큰 어디엔가 붙들린 것 같다. 이후 이동식 침대가 와서 벌벌 떨고 있는 나는 침대로 옮겨 누웠다. 순식간에 따스한 바람이 부는 것 같은 상태가 된다.

이제 마지막 순서로 MRI 촬영실로 들어간다. 촬영을 마치고 따스해진 몸을 침대에 싣고 수술실로 들어갔다. 참 편안하다. 수술실의 문이 3단계에 걸쳐 열린다.

이 사실을 무엇으로 설명할 것인가! 순간순간 하나님의 손길이 나를 붙드시고 보호하시고 인도하심을 느낀다. 이때 생각나는 성경 말씀을 읊조려 보았다.

"내가 너와 함께 있으니 두려워하지 말아라.
내가 너의 하나님이니 떨지 말아라.
내가 너를 강하게 하고 내가 너를 도와주고,
내 승리의 오른팔로 너를 붙들어 주겠다."(사 41:10)

말씀을 암송하며, 서서히 졸기 시작했다. 성경 말씀을 암송하고 있으면 얼마나 큰 힘과 능력이 되는지 새삼 깨닫게 되었다. 성도들도 자녀들도 하나님의 말씀을 암송하는 일에 좀더 힘을 써야겠다고 다짐도 해 본다.

4) 본격적인 수술장에서의 역사하심.

첫 번째 문이 열리자, 주변의 간호사들이 다가와 이름을 확인한다. 서형범이라고 크게 외쳤다. 이어 담당 교수의 이름도 묻는다. "예, 이정일 교수님이십니다."

다음 문이 열리면서 주변에는 여러 사람이 바쁘게 움직인다. 나에게 이렇게 당부한다. "서형범 씨! 이제 수술실에 들어가서 마스크를 쓰면 크게 호흡을 세 번 하세요." 마지막 수술실 문이 열리며, 나의 몸은 수술장 안으로 빨려 들어갔다. 얼굴에는 호흡기가 연결되고 숨을 크게 3번 쉬라고 한다. 크게 숨을 빨아들였다. 하나, 둘, 셋….

5) 수술 이후 약을 먹으면 몸이 꼬이기 시작한다. 어찌해야 할지? 발은 발대로, 손은 손대로 멋대로 논다. 이런 적은 없었는데, 결국 먹던 약이 수술 전보다 절반 이상이 줄어들었다. 그것도 집에 와서는 먹을 수가 없다. 걸음걸이가 흐느적거린다.

대표적인 꼬임의 증세다. 교수님의 지도로 결국은 약을 먹지 않았다. 그런데 이후로 5개월간 약을 먹지 않아도 아무 이상이 없다. 약으로 말미암은 후유증은 점차 줄어들었다.

6) 또한 수술 결과가 좋다. 아무리 생각해도 이게 어떻게 된 것인지 모르겠다.

비슷한 시기에 수술을 받은 분은 약을 그대로 다 먹는다고 한다. 대부분 약을 절반까지는 줄여서 복용한다던데 나는 먹기만 하면 꼬여 더 이상 약을 먹고 싶어도 먹을 수가 없다. 도대체 이게 웬일이며 무슨 조화인가?

나는 수술 과정 내내 하나님의 손길을 느끼지 않은 적이 없다. 감마나이프를 위한 프레임 설치도 그렇다. 일일이 사람의 손으로 조정하듯 감마선을 통해 정확한 위치에 머리를 가르지만 결국 마무리는 사람의 손으로 해야 한다.

머릿속에 심을 자극기는 깊이와 앞뒤 좌우에 어떻게 심겨지느냐에 따라 결과가 달라진다.

아무리 능수능란한 기술을 가진 의사라 할지라도 자극기가 심어질 때마다 힘의 강도는 달라질 수밖에 없다. 아무리 생각해 보아도 이것은 불가사의가 아닐 수 없다.

하나님의 손길이 아니고서야 어떻게 이렇게 완벽한 결과를 가져올 수 있단 말인가? 무엇으로 이러한 역사를 설명할 수 있을까? 오직 하나님의 능력을 찬양할 뿐이다! 할렐루야!

7) 최신 발전된 의학기술의 혜택을 입다.

◇뇌심부자극술의 최신 발전 내용◇

① 더욱 정밀해진 측면

*수술 중 'O-arm'이라는 장비를 사용하여 수술 도중에 수술받는 자세 그대로 CT를 촬영하여, 뇌 전극이 수술 전에 계산한 위치로 삽입되고 있는지 확인 가능.

*삽입된 뇌 전극이 일률적인 원형자극만 하는 것이 아니라, 원하는 방법으로만 자극할 수 있는 방향성 전극으로 발전됨.

② 수술받기 편안한 방법

기존에 해 오던 수술 방법은 전극을 삽입하는 중에 국소마취하여, 환자와 대화를 하면서 뇌자극시에 부작용은 나타나지 않는지 확인하고, 또 국소마취하에서만 선명한 뇌파를 측정할 수 있었는데, 최근에는 전신마취를 하여도 뇌파가 잘 촬영되는 마취법이 개발되었고, 수술 중 CT 촬영을 수시로 하여 전극의 위치를 파악하므로 환자와 대화할 필요가 없어지고, 환자는 전신마취 상태이므로 수술 중에 깨어 있음으로 인한 불편함이 없어짐.

③ 뇌심부자극술 이외의 비침습적 수술법

초음파뇌수술(MRI 유도하 집속 초음파뇌수술. MRgFUS)

*다른 증상보다 손떨림이 심한 파킨슨병에서 시행하면 증세가 많이 호전됨.

*초음파뇌수술 후에 뇌심부자극술이 필요하면 추가로 시행할 수 있음.

*뇌심부자극술을 받기 힘든 지병이 있거나, 항혈전제, 항응고제를 중단할 수 없는 환자.(보통 적게는 10일에서 15일간 약제를 중단하여야만 함)

나는 일 년 전에 전신마취를 통한 수술을 받았다. 그러나 주변의 이야기를 들어보면 다른 병원에서는 나보다 늦게 수술을 받은 사람들도 옛 방식대로 국소마취를 통해서 수술받았음을 알 수 있다.

무엇으로 이러한 역사를 설명할 수 있을까? 하나님의 특별한 은혜 속에 있었음을 고백한다. 오직 하나님의 능력을 찬양할 뿐이다! 할렐루야!

덤으로 얻은 새 생명

2023년 8월 7일, 내 인생에 새로운 생명의 길이 열리는 날이다. 덤으로 얻은 새 생명의 날이다. 6일 입원하여 7일 기립하는 경과를 지켜보면서 내 몸에 맞는 주파수와 전압을 조절하는 과정이다.

기립성저혈압은 앉았다 일어나거나, 혹은 누운 자세에서 몸을 일으킬 때 등 갑작스러운 자세 변동 시 혈압이 떨어지는 현상이다. 어지럼증, 피로, 어깨나 목 통증이 나타날 수 있다. 특히 기립성저혈압은 어지럼증으로 인한 낙상을 유발하기 쉬워 고령층이 많은 파킨슨병 환자의 생명을 위협할 수 있다.

그런데 그때 예상치 못한 일이 발생했다. 그동안 말없이 나를 데리고 다니며 간호했던 아내가 감기에 걸려 기침을 심하게 했다.

혹시라도 코로나에 걸리지 않았나 걱정되어 가까운 의원에 가서 코로나 간이검사를 받았다. 음성이었다. 다행이라 생각하고 감기약을 처방받아 먹었다.

그리고 8월 4일, 아내와 나는 진주시보건소에 가서 코로나 검사를 받았다. 코로나 음성확인증이 없으면 입원이 안 된다는 통보를 받았기 때문이었다.

다음 날 문자가 왔다. 나는 음성, 아내는 양성 반응이 나왔다. 큰일이다. 갑작스럽게 누가 최종 수술 과정을 마칠 때까지 나를 간호할 것인가. 보호자가 없으면 입원이 안 될 터이고 만일 입원하지 못하면 자연히 수술이 지연되고 말 것이다.

5일, 입원 예정일이 하루 앞으로 다가왔다. 밤새도록 고민하던 끝에 답답한 심정으로 절친들에게 문자도 보내보았다. 마땅한 사람이 없다.

둘째 아들 모아가 떠오른다. 그러나 직장에서 일주일 동안 휴가를 내야 한다. 일주일이나 휴가를 낼 수 있을까? 걱정이 앞선다.

되든지 안 되든지 하여튼 물어나 보자는 생각으로 전화를 걸었다. 그런데 가능하단다. 그동안 휴가를 사용하지 않아 얼마든지 연가를 쓸 수 있단다. 감사하다.

당장 보건소에 가서 코로나 검사부터 하라고 했다. 주일 아침 문자로 음성 통보를 받았다는 연락이 왔다.

그런데 아침에 일어나 보니 내 몸이 개운치가 않다. 지난밤 잠을 설쳤더니 컨디션이 말이 아니다. 내가 코로나에 걸렸나? 하는 생각이 들고 그냥 서울 가기가 싫어진다.

삼성서울병원에 전화를 걸었다. 보호자로 함께 갈 아내가 코로나에 걸렸고, 나는 음성판정이 나왔지만 자고 났더니 몸이 너무 불편하여 입원 날짜를 변경하고 싶은데 가능한지 문의하려 했으나 아무리 전화해도 연결이 되지 않는다. 연거푸 3번이나 시도했지만 마찬가지이다.

예약된 버스 시간 때문에 더 이상 지체할 수 없다. 어쩔 수 없어 아내가 차로 나를 고속버스터미널까지 데려다주었다. 혼자 입원에 필요한 짐을 들고 버스에 올랐다. 아들 모아는 연가 절차를 마치는 대로 뒤따라 상경하기로 했다.

이젠 냉방 버스를 타도 그전처럼 힘들지 않다. 수술받은 것만으로도 냉기를 이길 힘이 생겼다. 그래도 만일을 위해 항상 무릎담요를 가지고 다닌다.

차를 타고 가다 보니 차차 몸이 회복되었다. 사탄이란 놈은 나를 넘어뜨리기 위해 끝까지 발악을 멈추지 않는다는 것을 절실히 느꼈다. 나는 주님께 기도했다. "오, 주님! 저를 도우소서!"

무사히 입원을 마치고 기립을 위한 사전 검사에 들어갔다. 가자마자 CT를 찍고 혈액 검사, 소변 검사 등 기본적인 검사가 시작되었다.

이 병원은 토요일이나 주일, 그리고 휴일 등의 시간적 구분이 없는 것 같다. 주일 오후에 도착했는데도 그날 바로 여러 가지 검사를 시작한다.

밤이 되어 모아가 올라왔다. 아들 둔 것이 이렇게나 든든할까! 직업이 공무원이라 법정 시간 내에서는 언제든지 휴가가 가능하다는 것이 감사하기 이를 데 없다.

2023년 8월 7일 11시경 윤진영 교수님과 두 분의 의료진이, 이미 조사해 둔 나에 관한 모든 데이터를 프로그램화하여 교수님의 컴퓨터에서 나의 몸에 장착된 기계 안에 설치하기 시작했다.

그러고는 이 발, 저 발, 이 손, 저 손을 번갈아 가며 검사를 하고 나서 느낌이 어떠냐고 묻는다.

"얼굴로 뭔가가 밀려오듯 어떤 느낌이 확 밀려옵니다. 다리 끝이 찌릿찌릿합니다."

내가 대답하자 나의 손떨림과 발꼬임을 살펴본 후 점심 식사를 위해 밖으로 나갔다.

30분 후 다시 조사가 시작되었다. 이번 조사는 약물 과다로 인한 꼬임의 현상과 약물 부족으로 인한 떨림의 현상을 잘 살펴서 조절하는 과정이다. 이제부터는 그동안 먹어왔던 파킨슨병 약은 일절 먹지 않아야 한다.

나는 궁금한 것을 물어보았다.

"저처럼 약을 일절 먹지 않는 사례가 자주 있습니까?"

"있기는 하지만 대부분 약을 같이 먹습니다."

약을 먹지 않는 것은 나에게 주신 하나님의 특별한 축복이라는 생각이 들었다. 나는 속으로 '아멘, 할렐루야!'를 외치며 하나님께 영광을 돌려드렸다.

약을 끊은 상태에서 주파수와 전압을 최종 조절했다. 왼쪽 0.9, 오른쪽 1.4에 맞추었다.

그리고 또 한 가지 선택사항이 있었다. 손과 발 중 어떤 부위에 초점을 맞추어 조절할 것인가를 결정해야 한다. 손과 발을 동시에 조절할 수는 없다는 것이다. 굳이 동시에 조절하려면 약을 먹어야 한다.

그러나 그동안 약물로 인한 후유증을 심하게 앓았던 나로서는 약 먹는 것이 끔찍했다. 비록 손이 약간 떨리기는 하지만 약물 후유증과 비교할 수 있으랴! 약을 안 먹어도 된다는 사실만으로도 나에게는 큰 축복이 되는 것이다.

의료진들은 이 상태로 며칠 더 지켜보자고 했다. 혹시 어려운 문제가 발생하면 간호사실에 연락하거나 회진하는 의사들에게 이야기하라고 했다.

8월 7일 첫날은 약도 먹고 전기도 연결한 결과 너무나도 약이 과다한 탓에 다리가 제멋대로 움직인다. 꼬임 현상이 나타난 것이다. 걸음걸이라도 하려면 내 마음이 아니라 다리 마음대로다.

다음 날 아침, 회진하는 교수님은 지난밤에 일어났던 일들에 대해 다 알고 있었다. 나의 일거수일투족이 매 순간 보고 되기 때문이었다.

수면의 부족함을 크게 느낀 나는 수면제를 처방받아 잠을 잤다. 나의 병세가 호전되었음을 잠을 통해서도 느낄 수가 있었다. 아무리 수면제를 먹어도 잠을 이루지 못해 애를 먹었는데 이젠 수면제 스틸녹스 10mg에 녹아떨어질 정도로 나의 몸은 회복되고 있었다.

불면의 고통이 얼마나 크다는 것을 겪어본 사람은 다 알리라. 잠을 잘 수 있는 것이 얼마나 큰 축복인가! 그래서 성경은 이렇게 기록하고 있다.

"내가 평안히 눕고 자기도 하리니
 나를 안전히 살게 하시는 이는 여호와이시니이다."(시 4:8)
"그것이 네가 다닐 때에 너를 인도하며
 네가 잘 때에 너를 보호하며
 네가 깰 때에 너와 더불어 말하리니."(잠 6:22)

그동안 먹었던 약물의 영향력이 다 소진되고 잠을 제대로 자게 되니 몸이 정상으로 돌아온다. 이대로 치료가 다 된 느낌이다. 이 기쁨과 상쾌함을 어찌 말로 나타낼 수가 있을까! 나는 아들 모아와 함께 조절 리모컨 사용법과 충전 방법 등

기본적으로 필요한 사항을 잘 익혀두었다.

수술 후 3일간 나의 상태를 살펴본 병원에서는 퇴원을 허락했다. 다만 집에 가면 관리가 소홀해져서 상태가 나빠질 수도 있으니 조심하라고 주의를 당부했다. 나는 마치 새 생명으로 거듭난 사람처럼 기쁨을 안고 집으로 돌아왔다.

집으로 돌아오며 보니 많은 비가 내려 온통 흙탕물로 가득 찬 강은 강변에 쌓여 있던 온갖 쓰레기를 쓸어모아 무서운 기세로 흘러가고 있었다. 그 광경을 보니 어쩐지 마음이 홀가분해졌다. 이제까지 내 마음에 쌓였던 정신적 쓰레기들이 그 어떤 거센 능력에 의해 깨끗이 정리되는 느낌이 들었기 때문이었다.

지난 5년간 파킨슨병으로 인한 신체적, 정신적 고통에 얼마나 시달렸던가를 생각하니 나의 몸과 마음은 날아갈 듯 가벼워졌다. 우선 그동안 그렇게도 많이 먹던 파킨슨병 약을 한 알도 남김없이 다 끊어버렸으니 그야말로 꿈 같은 일이 아닐 수 없었다.

아침 7시를 시작으로 명도파, 트레비보필림코팅정, 엑세그란정, 트리핵신정, 테프라정 등의 약을 오전 7시, 정오, 오후 5시, 저녁 9시 시간을 정확하게 맞추어 매일 먹어야만 했으니 그 고충이 말할 수 없이 큰 것이었다.

이렇게 복용해도 약의 효력이 소진되면 약의 효능이 떨어지는 시간만큼 약의 공복 상태가 되는 것이다. 그렇게 되면 나는 기진맥진하여 몸을 가누기가 어려워진다. 그리고 모든 뼈 마디마디마다 쑤시고 아프다. 또한 설사 후 온몸에 기운이 쑥 빠지는 것 같은 상태가 지속된다. 물론 사람에 따라 나타나는 증상이 다를 수 있다.

이런 경우, 나는 기진맥진하기 전에 밖으로 나가서 온 동네를 돌아다녔다. 시간에 제약받지 않고 낮이나 밤이나 마치 정신 나간 사람처럼 돌아다녔다.

그렇게 하지 않고 누워 있으면 도리어 점점 조여 오는 압박감에 몸과 마음이 견딜 수 없는 상태에 빠져 몸부림을 칠 수밖에 없는 상태가 되는 것이었다.

그런데 지나고 나서 보면 이렇게 돌아다닌 것이 도리어 나의 하체를 튼튼하게 키우는 결과를 가져와서 수술 후 약을 먹지 않아도 될 정도로 하체가 튼튼하게 단련된 것을 깨달았다.

지금에 와서 되돌아보니 이 모든 것이 합력하여 선을 이루시는 하나님의 선하시고 자비하심의 은혜라는 것을 깨닫게 된다. 감사하기 이를 데 없다.

약을 끊게 되니 약물의 복용으로 나타나는 후유증은 다 사라지고 말았다. 이것만으로도 무한 감사한 일이 아닐 수 없다. 지금의 나의 상태는 고장난 컴퓨터를 다시 리셋(reset)하여 문제없이 사용하는 것과 같다고 할 수 있겠다. 기계가 완벽할 수는 없다. 그러나 약간의 불편함이 있다고 할지라도 감사하며 극복해야 할 과제이지 완벽하지 못한 부분을 원망하며 불평을 늘어놓을 처지가 아니다.

내 몸 안에는 여전히 파킨슨이라는 질병이 있다. 그러나 이제는 내가 파킨슨병에 전전긍긍하는 게 아니라 파킨슨병을 다스리며 함께 가고 있다.

나는 그동안 나를 위해 기도하고 염려해 준 친구들과 동역자들에게 카톡으로 감사의 인사를 전했다.

소통-위로와 격려의 글들

현대는 가히 소통의 시대라고 할 만치 소식이 빠르게 전달된다. 1970년대 이전까지만 해도 편지 한 통 부치면 아무리 가까운 거리라도 2~3일, 좀 먼 거리라면 1주일에서 열흘이 걸려야 받아볼 수 있었다. 그 후로 전화가 보편화되면서 실시간 소통의 길이 열렸다. 하지만 외출 중이거나 혹은 기계 고장, 전깃줄의 훼손 등의 장애가 발생하면 며칠간은 소통이 막혀버리고 만다.

그러나 현대는 다르다. 특히 대한민국의 소통은 세계가 놀랄 만치 빠르게 잘 이루어지고 있다. 대한민국은 휴대전화 하나로 세계의 거리를 이웃 동네처럼 좁혀 놓았다.

소통은 곧 숨통이다. 숨통은 생명과 이어진다. 대한민국의 통신체계는 국내뿐만 아니라 전 세계의 숨통을 틔워줄 만치 눈부시게 발전했다.

내가 파킨슨병과 싸울 때 많은 동료와 이웃들이 위로와 격려로 응원해 주어서 막혀버릴 것 같은 숨통을 틔워주었다.

소통은 생명과 이어진다고 했다. 끊어질 것같이 위태롭던 나의 숨통이 트인 것은 동료들과 이웃들의 응원이 있었기 때문이라고 생각한다. 감사의 인사로 나의 숨통을 틔워준 몇몇 분들과의 소통 내용을 적어본다.

아래 열거한 분들 외에도 많은 이웃과의 소통이 있었지만 지면의 제약을 받는 만큼 다 열거하지 못함을 안타깝게 생각한다.

형범아!

용말이다. 아프다는 소식을 오늘에야 들었다.

나도 집안의 우환으로 정신을 다른 곳에 쓸 겨를이 없는데….

5월 27일에도 박승태는 가자고 하지만 갈 수 있는 마음의 여유가 없다. 그런 와중에 너의 소식을 들으니….

언제 빠른 시간 내에 한번 찾아가야겠구나….

파킨슨병이란 무하마드 알리가 앓았던 병 아니냐?

네가 그런 병을 앓다니 체격도 마음도 아닌데, 안타깝구나.

나도 함께 기도하겠다. 너와의 어린 시절 생활이 얼마나 깊었는데….

이렇게 소식도 무심하게 지낸 내 인생이 참으로 어이가 없다.

살아 있는 것이 하느님의 기쁨이 되도록 쾌유를 빈다.

2023. 9. 4. 포항 **조용말**

`친구야!`

사랑한다.

이 말이 그대에게 힘이 되고 용기가 되길 바라네.

지금도 함께했던 초등학교 시절의 눈빛이

초롱초롱하고 밝은 모습이 눈에 선하네.

예수님께서 소경의 눈에 진흙을 발라주시고

실로암 연못에 가서 씻으라고 했을 때,

그대로 순종해서 눈을 떴던 사람처럼,

그대는 그대가 믿는 예수님의 말씀에

지금까지 순종하며 살아왔지 않는가!

어찌 그 예수님께서 그대를 불쌍히 여기시고 도와주시지 않겠는가?

친구여, 그대가 믿는 예수님을 믿으시게.

나 또한, 예수님을 모르지만 그대를 위해 그분에게

기도하겠네.

내 사랑하는 친구를 도와달라고, 함께해달라고….

2023. 7. 11. 초등학교 41회 동창회장 **정삼주**

`친구야!`

많이 아팠제? 고생했네.

다시는 아프지 말자.

하나님께 감사하자.

2023. 7.13. 부천의 친구 **제환권**

형부!

기도할게요.

모든 것이 하나님 손에 달려 있습니다.

맡기고 편안한 마음으로 다녀오세요.

모아와 오랜만에 어려움과 마음을 함께

나누는 귀한 시간을 또 주님이 허락하신 것 아닐까요!

작은아들과 며칠의 여행이라

생각하시고 다녀오세요.

우리는 연약하나 주님과 늘 동행하니

참 행복한 사람들입니다.

은혜 충만한 주일 보내세요.

2023. 8.6. 처제 **최미옥**

소통은 유튜브 설교를 통해서도 활발히 이루어졌다. 평소 20여 회의 신동교회 설교 조회수가 파킨슨병 관련 카톡을 보낸 당일 80회를 넘겼다. 이에 대해서 많은 분들이 격려의 글을 보내주셨다.

`서 목사님!`

감동이고 감격입니다. 질병과 사투하시는 중에도 복음의 열정을 동병상련의 마음으로 응원합니다.

구령산에 필 꽃들이 만발할 것으로 믿어 의심치 않습니다. 힘내십시오. 주의 사랑으로 사랑합니다. 샬롬!

목사 장세영

`서형범 목사님!`

내가 알고 확신하고 가장 귀하게 여기는 복된 소식을 가깝고도 어려운 동창들에게 알려주고픈, 목사님의 마음을 주님이 아시고 반드시 복 주고 복 주실 줄로 믿습니다.

멀잖은 날 우리는 그곳에서 영원히 함께할 것입니다.

목사 허준

`서형범 목사님!`

유튜브 설교 말씀 잘 듣고 은혜 누립니다. 복음에 대한 열정으로, 설교로는 편찮은 분 같지 않습니다.

한평생 십자가의 고난과 사랑, 목양과 섬김, 존경합니다.

목사님! 어서 쾌차하시고, 평강과 성령 충만한 말씀 더 많이 들려주십시오.

행복한 주일 밤 보내시고, 어버이날 서효창 목사님 효도 많이 누리십시오. 샬롬! 샬롬!

목사 한영자

서 목사님!

고생하셨습니다.

남은 생애 동안 기계에 의존하여

살게 되셨을지라도,

매일의 삶만은 건강하고 편안하시며,

경건하고 은혜가 충만하시기를

바랍니다.

2023. 7. 17. 목사 이강근

하나님께서 입혀주신 어린 양의 가죽옷

2023년 9월 2일 삼성서울병원으로 외래진료를 갔다. 그동안 내 몸에 부착된 의료 기기가 제대로 작동하는지 확인하고, 부족하거나 차이가 나거나 잘못된 부분은 없는지도 확인하고, 그동안 오른쪽 팔이 매우 떨려 어려움을 겪었었는데 그에 대한 자문도 구하고자 했다.

병원에서는 내 몸에 부착된 의료 기기를 조정하고 약을 먹도록 처방했다. 명도파 50mg을 세 끼에 나누어 먹되 상황에 따라 100mg까지 늘릴 수 있도록 했다.

기기를 조정하니 이젠 거의 완벽한 상태로 회복되었다. 손떨림도 없다. 물론 옛날처럼 빨리빨리 행동은 할 수 없지만, 겉으로는 완전한 것 같았다. 이것이 뇌심부자극술의 묘미가 아닌가 싶다. 참으로 감사하다.

며칠 후 왼쪽 발에 자꾸만 신경이 쓰이고 관절에 미세한 감지가 왔다. 그래서 기계의 전압을 0.9에서 0.1을 플러스하여 1이 되게 올려보았다. 왼쪽은 1, 오른쪽은 3으로 조절하고 보니 문제 없이 다 해결된 것 같았다.

그러나 먹는 약의 분량이 너무 많았는지 자꾸 꼬임 현상이 일어났다. 그리하여 명도파 0.25mg으로 약을 바꾸었더니 모든 것이 해결되었다.

그러나 이 모든 수치는 고정된 것이 아니라 시시때때로 변할 수밖에 없는 수치이다. 따라서 이런 숫자에 연연할 것이 아니라 멀리 내다보고 현명하게 대처해 나가야 할 것이다.

지금 나는 외형상으로는 아무런 문제가 없는 사람으로 보인다. 도무지 환자 같지 않다. 교회에 갈 때마다 달라지는 나의 모습을 보는 성도들이 놀라운 표정을 감추지 못한다.

그러나 분명한 것은 내 속에는 파킨슨병이란 질병이 그대로 진행되고 있다는 사실이다. 이 사실을 잊지 않고 시간 맞추어 약을 먹고 건강 관리에 힘쓸 것이다. 그리고 언젠가는 하나님께서 역사하시어서 온전히 치료해 주실 것을 믿는다.

"할렐루야, 아멘!"

나에게 있어서 파킨슨병의 시작은 아주 미약했다. 오른손 약지가 까닥거림을 출발점으로 하여 시작된 파킨슨병이 나 자신의 생명까지 위협하는 수준으로 자라났다. 그러나 결국은 뇌심부자극술이라는 현대의술 앞에 굴복하고 말았다.

투병 생활은 참으로 극복하기 힘든 시간이었다. 어떤 때는 하나님께서 왜 나에게 이런 병이 들게 하셨는가? 원망하는 마음이 생기고 또 의심스럽기도 했다. 게다가 잠은 오지 않고 자제하기 어려운 몸부림으로 말미암아 누워 있을 수조차 없었다.

이런 때에 나에게는 기도의 문이 열려 있다는 생각이 들었다. 일어나 교회로 가서 기도했다. 나 자신을 위해서는 물론이고 성도들을 위해서도 뜨겁게 기도했다. 하나님의 도우심이 절실하기에 나의 기도는 뜨거울 수밖에 없었다.

의자마다 고정적으로 앉는 성도가 누구인지 알고 있기에 자리마다 성도들의 이름을 부르며 기도했다. 그러다 보니 하나님께서 성도의 가정 문제를 알게도 하셨고, 나는 그 문제의 해결을 위해 간절히 기도했다.

그렇게 기도하다 보면 언제 날이 샜는지도 모르게 창밖이 훤해지기도 했다. 그 결과 성도들의 가정 문제가 해결되는 것을 보기도 했다.

그러고는 집으로 돌아가 밥을 먹고 잠자리에 누우면 2시간 정도 잠을 잘 수 있었다. 하나님께서 주신 단잠, 그 잠이 얼마나 감사한지 모른다.

그러함에도 불구하고 내 문제는 해결되지 않는 것 같아서 답답한 마음을 금할 수 없었다. 나는 답답한 마음을 그대로 하나님께 아뢰었다.

하나님!

만일 제가 지은 죗값으로 이 대가를 치르고 있을지라도 저를 불쌍히 여기셔서 용서해 주시고 이제 이 고통에서 건져주시기를 원합니다. 다시는 지은 죄를 반복하지 않겠습니다.

하나님! 만일 이대로 제 생명을 거두신다면 주님께 무슨 영광이 돌아가겠습니까? 도리어 주님의 영광이 무참히 훼손되지 않겠습니까? 아무리 저의 연단을 위한 고통이라 할지라도 저는 너무도 힘이 듭니다. 하나님! 제발 저를 이 고통의 늪에서 건져주십시오.

협박성의 기도가 나도 모르게 튀어나왔다. 그 상황에서도 일말의 자존심은 살아 있어서 무화과 나뭇잎의 치마를 벗지 못한 상태에서 나 자신의 부끄러움을 가린 채 하나님을 향해 항변하고 있었다.

내가 정상적으로 생각하는 사람이었다면 무엇보다도 "하나님의 뜻을 깨닫게 해주십시오.", "오직 주님의 뜻이 이루어지게 해주십시오." 하는 기도를 했을 것이다. 그러나 너무나 큰 고통에 시달린 나머지 오로지 고통을 거두어 주시기만을 위해 기도했음을 고백하지 않을 수 없다.

돌이켜 보면 나는 나의 치부를 가리고 있던 무화과 나뭇잎의 치마를 완전히 벗어버리지 못했다. 그뿐만 아니라 하나님께서 지어주신 어린 양의 가죽옷을 입지 못했다. 따라서 하나님 앞에 당당히 설 수 있는 은혜에 참여할 수가 없었다.

정말이지 그 후로 무화과 나뭇잎의 치마를 벗어버리기까지 얼마나 많은 씨름을 했는지 모른다. 결국은 약을 먹지 않아도 될 때쯤에야 어린 양의 가죽옷을 입고 하나님 앞에 당당하게 설 수가 있었다.

기도 응답을 못 받고 하루하루 쇠퇴해가는 중에도 하나님께서는 쉬지 않고 나를 흔들어 깨우면서 일하고 계셨는데 나는 그 사실을 깨닫지 못한 채 세상 것만 붙들고 발버둥질만 하고 있었으니 참으로 부끄럽기 짝이 없다.

이런 나를 포기하지 않고 끝까지 붙들어 주신 하나님께 감사한다. 하나님 앞에 설 때까지 힘차게 달려갈 것이다.

"아멘, 할렐루야!" 하나님을 찬양한다.

얼마 전에 우연히 파킨슨병의 병력을 가지고 있는 김혜남 선생의 이야기를 SNS를 통해 접하게 되었다. 선생은 정신과 의사이며 59년생이다. 파킨슨병 15년차라고 했다.

그런데 핸드폰 동영상으로 만난 선생의 얼굴에는 그동안 파킨슨병에 얼마나 시달렸으며, 겪은 고통이 얼마나 컸는지가 여실히 드러나 있었다. 연령은 나보다도 2살 아래였지만 파킨슨병의 투병 시간은 나보다 갑절이나 길다.

선생은 파킨슨병을 이기고 기쁨과 감사함으로 살아가는 지금, 자신이 파킨슨병 경력자라는 사실을 알아보는 사람이 없을 만치 온전히 치료됐다고 했다. 그러나 파킨슨병을 앓은 내가 볼 때 그 얼굴에는 고통의 흔적이 그대로 드러나 있으니, 동병상련이라고 했던가? 아무래도 같은 종류의 고통을 겪었기에 상대방의 아픔도 한눈에 들어오는 것 같았다.

다섯 번의 다른 수술 과정도 겪었다는 선생은 오늘까지도 건재하다. 파킨슨병이 들면 15년을 살기 힘들다는 의학계의 가설을 8년째 무력화시키고 있다.

김혜남 선생은 굳게 약속했다. 이 세상을 떠나는 마지막 날까지 문서를 통해 병든 사람들을 위로하고 함께 승리하자고….

이 귀한 일을 실천하기 위해서 선생은 의사직을 접고 전업 작가로 전환했다는 사실도 말해주었다.

파킨슨병과 싸워 온 지난 22년의 세월, 그 싸움의 상흔이 비장한 각오와 함께 그대로 선생의 얼굴에 나타나 있는 것을 나는 보았다.

나도 파킨슨병과 싸워서 승리할 것을 굳게 다짐했다. 내가 건강을 회복함으로 말미암아 모든 파킨슨병 환자들의 승리하는 롤 모델이 되고자 하는 것이다.

그냥 병이 화나지 않게 잘 다스려서 병과 함께 동거하자는 말이 아니다. 적극적으로 파킨슨병과의 전쟁을 선포하고 싸우자는 것이다. 그래서 승리하자는 것이다. 우리에게는 이미 파킨슨병과 전면전을 벌여 승리할 수 있는 의료기술과 의료진이 확보되어 있다.

게다가 우리에게는 의료진과 의료기술보다 더 강력하고 믿을 수 있는 무기가 있으니 곧 '믿음'이다.

구약성경 왕하 5장에 보면 문둥병자 나아만 장군의 이야기가 나온다. 당시 문둥병은 하늘의 저주였다. 절망에 빠져 있을 때 복된 소리, 즉 복음을 전하는 소녀가 있었다. 이스라엘에서 포로로 끌려온 아이였다.

> "우리 주인이 사마리아에 계신 선지자 앞에 계셨으면
> 좋겠나이다."(왕하 5:3)

믿음으로 외친 소녀의 말 한마디가 나아만을 살렸다. 그 말을 믿음으로 받은 나아만은 하늘의 저주를 복으로 돌려놓았다. 나아만은 육신의 고침만 받은 게 아니라 영혼까지 치료가 되었으니 이보다 더 큰 복이 어디 있겠는가!

의료진과 의료기술보다 더 강력하고 믿을 수 있는 '무기'는 곧 믿음이다. 의료진과 의료기술에 믿음이 더해진다면 그 위력은 상상을 초월할 만치 강력할 것이다.

나와 같은 처지에서 파킨슨병과 싸우고 있는 분들에게 권

한다. 우선 파킨슨병은 이미 정복되었음을 믿고 승리자의 위치에서 치료에 임하기를 바란다. 또한 사람이 누릴 수 있는 진정한 복은 육신에 국한된 게 아니라 영혼에까지 그 영역이 확대된다는 사실을 염두에 두고 치료에 임하기를 바란다. 영혼의 치료는 창조주가 되시며 구원의 주님이신 예수 그리스도를 믿기만 하면 된다는 사실을 가슴에 새겨두기를 바란다.

지나침은 모자람만 못하다

오랜만에 찾아온 반가운 손님—. 경기도 부천에서 4시간 30여 분을 달려 '천리길 진주'를 벗님이 찾아왔다. 민경택 목사님이다.

예로부터 '남진주 북평양'이라는 말이 있을 정도로 진주는 미인의 고장이다. 평양 기생에 계월향, 매화, 정향이 있다면 진주 기생에 승이교, 매화, 옥선이 있다. 평양 대동강변에 부벽루가 있다면 진주 남강변에는 촉석루가 있다. '평양감사(평안감사)도 저 싫으면 그만'이라는 말이 있거니와 '평안감사 아니면 진주목사'라는 말도 회자된다.

뜬금없이 웬 미인 타령, 기생 타령이냐고?

아서라! 미인 타령, 기생 타령이나 늘어놓자는 게 아니라 동병상련의 정을 이야기하고자 함이며 참된 우정의 기쁨을 말하고자 함이다.

오랜만에 만나 반갑기 그지없는 얼굴이지만 민 목사님의 수척해진 몸매에는 병마와 싸운 고통의 흔적이 역력하며 먼

길 달려오느라 애쓴 얼굴은 고달픈 빛으로 가득 차 있었다. 민 목사님은 얼마 전에 그 어려운 심혈관 수술을 받았기 때문이다.

그 몸으로 천리길을 달려왔으니 어찌 보면 무모하기 짝이 없는 여행이었는지도 모르겠다. 그러나 수고와 고달픔을 초월한 그 어떤 힘이 민 목사님으로 하여금 무모한 여행을 단행케 한 원동력으로 작용했을 것이다.

이러한 때에 생각나는 명언이 있다.

"참된 벗이 있어 먼 데서 찾아주니
이 또한 즐겁지 아니한가?"

이른바 '공자인생삼락公子人生三樂' 중의 한 구절이다. 뜬구름 같은 세상을 함께 살아가는 '세상의 벗'도 이렇게 귀할진대 하나님의 일꾼으로서 영원한 나라를 향하여 함께 달려가는 '천국의 벗'은 얼마나 귀할 것인가!

우리는 많은 이야기를 통해 동병상련의 회포를 나누었다. 민 목사님은 심장병과, 나는 파킨슨병과 싸워 승리한 사람으로서의 자부심과 긍지를 가지고 대화를 나눌 때 하나님의 은혜를 더욱 크게 느낄 수 있었다.

그날 우리는 대화를 통해서 값진 진주 하나를 발견했다. 그

것은 우리가 그동안 하나님 앞에서 '무례한 목사'로 살아왔다는 것이었다.

민 목사님이나 내가 살아온 모습은 불도저에 비교할 정도로 도전적인 삶이었다. 그러나 하나님께서는 무모한 불도저와 같은 일꾼을 그다지 기뻐하지 않으신다는 사실을 파킨슨병을 앓고 난 후에야 깨달았다. 만시지탄을 금할 수 없으나 이제라도 깨달았으니 이 또한 하나님의 은혜인 줄 믿는다.

나는 섬기는 교회가 어느 정도 성장하자 해외 선교로 눈을 돌렸다. 해외에 몇 번 나가 보니 나에게 있어서 가장 큰 걸림돌은 영어라는 사실을 깨달았다.

학창 시절에 영어를 열심히 익히지 않은 것을 후회하며 영어 공부에 매진했다. 그동안 해왔던 하루 성경 읽기 20장, 성구 외우기 5절, 기도 시간 2시간을 지속하면서, 60이 넘은 나이도 잊은 채 영어와 씨름했다.

공부가 잘되었다. 영어단어도 쉽게 외워졌다. 그러나 얼마 못 가서 한계점에 이르렀다. 진도는 제자리에 머물렀고 도무지 발전이 없었다. 의욕은 있지만 진도가 의욕을 따라주지 않으니 부담감만 커지고 스트레스가 쌓여만 갔다. 그러나 나는 스트레스를 무시한 채 계획을 실천해 나갔다.

그러던 어느 날 밤, 가슴에 심한 통증을 느끼고 흘러내리는 땀을 주체하지 못한 상태에서 경상국립대학병원으로 달려갔다. 협심증 진단을 받았다. 수전증 약과 함께 평생 협심증 약을 먹어야 한다고 했다.

뇌심부자극술을 앞두고 몸속에 파킨슨병의 약효가 다 소진되어서 온몸의 기력이 쇠하였을 때 나는 쓰러지지 않으려고 죽을힘으로 버텨냈다.

그 모습을 지켜보고 있던 의료진 중 한 사람이 "이 정도면 쓰러져야 하는데, 종종 끝까지 버티는 사람도 있다."고 하며 나의 등을 치는 것이었다. 그리고 "두뇌에 공급되던 도파민도 두뇌를 사용하지 않던 사람이 머리를 많이 사용하게 되면 도파민이 머리 쪽으로 쏠리므로 육신의 연약한 부분이 드러나는데 이것이 파킨슨병으로 나타난다."고 알려줬다.

그때 나는 끝까지 버티는 것만이 옳은 모습이 아님을 비로소 깨달았다. 아프면 아프다고, 슬프면 슬프다고, 기쁘면 소리 내어 함께 웃을 수 있는 사람이 되어야 하는데 나는 그렇지 못하고 너무나도 경직된 삶을 고집해 왔다는 것을 절실히 느꼈다.

하나님께서는 나에게 여러 차례 경고하셨지만 나는 복음을 위한답시고 어려움을 당해도 하나님께서 지켜주시고 해결해 주실 것이라는 무례한 믿음으로 나의 욕망을 정당화하려고 했던 잘못을 비로소 깨달은 것이다.

나 자신이나 민 목사님이나 참 바보였고 하나님 앞에서는 참 무례한 목사였다. 민 목사님은 심장병과, 나는 파킨슨병과의 투병 생활을 통해 얻은 결론은 아래와 같다.

"자신의 한계를 알고 겸손히 목회하자. 연약한 인간으로서 제한된 삶에 너무 많은 의미를 부여하지 말고 그냥 이 세상을 맛있게 그리고 멋있게 살아가자. 비바람이 몰아치면 비바람을 맞고, 파도가 치면 파도를 뒤집어쓰자. 너무 요리조리 피하려고 애를 쓰지 말자. 이젠 똑똑하고 철저하다고 인정받기보다는, 넓고 유연하다는 소리를 듣는 사람이고 싶다. 또한 범사에 다 때가 있으니 때를 놓치고 후회하는 일이 없도록 조심하자."(전 3:1~9)

전도서 3장 1-9절

1) 범사에 기한이 있고 천하 만사가 다 때가 있나니

2) 날 때가 있고 죽을 때가 있으며
   심을 때가 있고 심은 것을 뽑을 때가 있으며

3) 죽일 때가 있고 치료할 때가 있으며
   헐 때가 있고 세울 때가 있으며

4) 울 때가 있고 웃을 때가 있으며
   슬퍼할 때가 있고 춤출 때가 있으며

5) 돌을 던져 버릴 때가 있고 돌을 거둘 때가 있으며
   안을 때가 있고 안는 일을 멀리할 때가 있으며

6) 찾을 때가 있고 잃을 때가 있으며
   지킬 때가 있고 버릴 때가 있으며

7) 찢을 때가 있고 꿰맬 때가 있으며
   잠잠할 때가 있고 말할 때가 있으며

8) 사랑할 때가 있고 미워할 때가 있으며
   전쟁할 때가 있고 평화할 때가 있느니라

9) 일하는 자가 그의 수고로 말미암아 무슨 이익이 있으랴

▶ 나가는 말 |

그동안 나 자신이 파킨슨병과 싸우면서 겪었던 일들을 사실대로 진술하고 기록하였다. 혹시 파킨슨병 때문에 고통을 겪게 될 어떤 분들에게 이 책이 도움과 위로가 되었으면 좋겠다는 생각으로 이 책을 썼다.

그러나 이 책에 기록된 방식만으로는 파킨슨병을 다스리거나 정복할 수는 없다. 전문적인 의료진의 도움과 적절한 자기조절이 절대로 필요하다. 그 위에 한 가지를 더하자면 전능하신 하나님의 능력을 믿고 전적으로 순종하는 것인데 이것은 그 무엇보다도 중요하다고 생각한다.

나는 목회 생활 30년의 과정을 통해서 하나님의 은혜가 아니고는 설명할 수 없는 수많은 일들을 경험해 왔다. 그 경험을 통해서 겸손히 하나님의 은혜를 사모하는 확고한 믿음의 사람이 될 수 있었다.

이 세상에서 완벽한 것은 없다. 질병도 마찬가지이다. 완벽한 치료법이란 없다. 파킨슨병 역시 증상이 워낙 다양하게 나타나기 때문에 이에 대한 치료법 또한 다양할 수밖에 없다.

그러나 하나님께서는 절대적인 주권과 권능으로 우주를 다스리시며 섭리하신다는 사실이다. 그러므로 하나님을 믿고 신뢰하는 일은 의료진이나 의료기술을 신뢰하는 일보다 우선해야 한다.

나는 완치라고는 할 수 없지만 거의 90% 수준에 이르는 치료 효과를 누리며 살고 있다. 일상생활에 불편을 느끼지 않는다. 참으로 감사한 일이다. 하나님의 은혜는 말할 것도 없거니와 나의 치료를 위해 애써주신 의료진 여러 선생님께 진심으로 감사의 말씀을 드린다.

특히 나의 새 생명의 연결고리가 되어 주신 경상국립대학병원 신경과 김민경 교수님, 삼성서울병원 신경과 윤진영 교수님, 수술을 직접 집도하여 주신 이정일 교수님과 그 모든 스태프에게 감사의 말씀을 드린다.

특히 나를 위해 늘 기도하며 최선을 다해 진료해 주신 경상국립대학병원 순환기내과 황진용 교수님께 감사를 드린다.

특별히 이 책이 나오기까지 많은 도움을 주신 변이주 목사님께 감사를 드린다.

중간에 몇 번 포기하려고 할 때마다 용기와 격려를 주시고, 살펴주실 뿐 아니라 추천사까지 써주신 사랑에 감사드린다.

나의 삶의 주인이시며 생명이 되시는 하나님께 모든 영광을 돌려드린다.

할렐루야, 아멘!

부록 》 **파킨슨병 극복을 위한 조언**

지난 9년여 동안 겪었던 파킨슨병의 증세들과 후유증들을 소개하고자 한다. 물론 다른 사람들도 다 이와 같은 증세를 겪는다는 것은 아니다. 사람마다 증세들이 다르게 나타나기 때문이다.

혹시 파킨슨병이 아닐지라도 이런 증세가 나타날 수 있으므로 참고하길 바란다. 함께 소개하는 다른 방법이나 사례들도 나 자신에게 적용하며 시행하고 있는 것일 뿐이지 이 방법만이 최선이라고 주장하는 것이 아니라는 점을 기억해 주기 바란다.

이제 파킨슨병의 일반적 상식과, 내가 겪은 파킨슨병의 증세 및 후유증을 비교하여 살펴본다. 파킨슨병을 겪어본 이들이나 투병 중인 이들, 그리고 파킨슨병에 관심이 있는 이들에게 도움을 주고자 한다.

I 파킨슨병의 일반상식

1. 정의

파킨슨병은 뇌간의 중앙에 존재하는 뇌흑질의 도파민계 신경이 파괴됨으로써 움직임에 장애가 나타나는 질환을 말한다. 도파민은 뇌의 기저핵에 작용하여 우리가 원하는 대로 몸을 정교하게 움직일 수 있도록 하는 중요한 신경전달계 물질이다.

파킨슨병의 증상은 뇌흑질 치밀부의 도파민계 신경이 60~80% 정도 소실된 후에 명확하게 나타난다. 병리 검사를 시행하면 뇌와 말초신경의 여러 부위에 발병성 알파시누클레인 단백질이 침착되어 생긴 루이소체를 확인할 수 있다. 파킨슨병은 알츠하이머병 다음으로 흔한 퇴행성 뇌 질환이다. 60세 이상에서 1%의 유병률을 보인다. 나이가 들수록 발병률이 증가한다.

2. 원인

파킨슨병은 전체 환자의 5~10%만 유전에 의해 발생한다. 그 외 대부분은 특발성이다. 파킨슨병의 환경적 요인에 대한 연구에서는 1-methyl-4-phenyl-1,2,3,6-tetrahydropyridine(MPTP), 살충제(로테논, 파라콰트), 중금속(망간, 납, 구리), 일산화탄소, 유기 용매, 미량 금속 원소 등의 독소 노출, 두부 손상 등의 요인을 파킨슨병의 발병 원인으로 지적하였다.

뇌흑질의 도파민계 신경이 파괴되는 원인은 아직 정확하게 알려지지 않았다. 환경 독소, 미토콘드리아 기능 장애, 불필요한 단백질 처리 기능 이상 등이 이를 유발한다는 가설이 있다.

3. 증상

파킨슨병에 걸리기 전 전조 증상과 걸린 후 운동 증상과 비운동 증상이 모두 나타날 수 있다. 다양한 증상이 나타난다.

1) 전조 증상
① 꿈을 꾸면서 헛소리를 하거나 발버둥을 친다.
② 사람 이름을 기억하지 못하거나 금방 한 말도 잊어버리고, 약속 날짜도 기억하지 못한다.
③ 냄새를 잘 맡지 못한다.
④ 한쪽 발의 신발뒤꿈치가 한쪽으로만 닳다.
이런 증상이 나타나면 즉시로 병원을 방문하여 전문의와 상의해야 한다. 특히 ①번 현상과 ③번 현상이 겹쳐 나타나면 신속히 대처해야 한다.

2) 운동 증상
① 떨림(진전)
몸이 떨리는 증상은 가장 눈에 잘 띄는 증상이다. 떨림은 주로 편한 자세로 앉아 있거나 누워 있을 때 나타난다. 손이나 다리를 움직이면 사라진다. 이 때문에 파킨슨병 환자에게 나타나는 떨림을 '안정 시 진전'이라고 한다.

② 경직

파킨슨병 초기에는 근육이 뻣뻣해지는 경직 증상이 나타난다. 근육이나 관절의 문제로 오인되기도 한다. 파킨슨병이 진행됨에 따라 근육이 조이거나 당기는 느낌, 근육 통증이 느껴지기도 한다. 부위에 따라, 환자에 따라 허리 통증, 두통, 다리 통증, 다리 저림 증상을 호소하는 경우도 있다.

③ 서동

행동이 느려진다. 단추를 끼우거나 글씨를 쓰는 작업과 같이 미세한 움직임이 점점 둔해진다. 눈 깜박임, 얼굴 표정, 걸을 때 팔 움직임, 자세 변경 등의 동작 횟수와 크기가 감소한다. 많은 경우에 환자 본인은 잘 알지 못한다. 주위 사람에게 지적을 받아야 비로소 알게 되는 경우도 있다.

④ 자세 불안정

균형 잡기가 어려워지고 자세가 굽거나 구부정해진다.

⑤ 구부정한 자세

목, 허리, 팔꿈치, 무릎 관절이 구부정하게 구부러진 자세가 된다.

⑥ 보행 동결

걷기 시작할 때, 걷는 도중, 걷다가 돌 때 발이 땅에서 떨어지지 않아서 발걸음을 옮기지 못한다. 많은 환자들이 무척 괴로워한다. 파킨슨병이 많이 진행된 환자에게 관찰된다.

3) 비운동 증상

① 신경 정신 증상

우울, 불안, 무감동, 충동 조절 장애, 환시, 정신증 등의 신경 정신 증상이 나타날 수 있다. 50% 정도의 파킨슨병 환자가 우울증을 겪는다. 이로 말미암아 약에 대한 순응도나 치료 의욕이 떨어져 삶의 질이 악화될 수 있다.

② 인지 기능 저하

전체 환자의 40% 정도에서 인지 기능 저하가 동반된다. 파킨슨병 환자가 겪는 치매 증상은 알츠하이머병에서 나타나는 치매와 양상이 다르다. 환시를 겪기도 하고, 인지 기능 증상의 기복이 심할 수 있다. 약에 대해 과민 반응을 보이는 경우도 있다. 현실적으로 인지 기능 저하를 완치할 수 있는 치료는 없다. 그러나 적절한 약물 요법으로 도움을 받을 수 있다.

③ 자율신경계 이상

기립성저혈압, 변비, 소변 장애, 성 기능 장애, 후각 이상, 장운동 이상 등의 자율신경계 이상이 발생할 수 있다.

④ 수면 장애

많은 파킨슨병 환자가 불면증을 호소한다. 이 외에도 기면, 주간 과다 졸림증, 하지 불안 증후군, 렘수면 행동 장애, 주기성 사지 운동 장애 등의 수면 장애가 동반될 수 있다. 렘수면 행동 장애는 수면 중에 심한 잠꼬대를 하거나 헛손질과 헛발

질을 하는 것이다. 파킨슨병 운동 증상 발생 이전부터 관찰되기도 한다.

⑤ 배뇨 장애

소변을 자주 보는 빈뇨가 흔하게 나타난다. 야간에 빈뇨가 나타나면 수면을 방해한다.

⑥ 기타

통증, 무감각, 피로, 후각 저하 등의 감각 이상이 동반된다.

4. 진단

파킨슨병을 확진할 수 있는 검사는 따로 없다. 전문의의 진찰 소견이 가장 중요한 진단법이다. 뇌 자기공명영상(MRI)이나 뇌 PET 촬영 등이 진단에 도움이 된다.

파킨슨 증후군이나 이차성 파킨슨증은 파킨슨병의 '사촌'으로도 불린다. 파킨슨병은 이 질병들과 구별해야 한다. 파킨슨 증후군은 진행성 핵상 마비, 다발성 신경계 위축, 피질기저핵 변성, 루이소체 치매의 증상을 보인다. 이차성 파킨슨증은 약물 유발성 파킨슨증, 혈관성 파킨슨증, 정상압 뇌수두증, 뇌종양, 독성 물질의 원인에 의해 부차적으로 발생한 것이다.

5. 치료

파킨슨병의 치료 원칙은 약물 치료 및 운동 치료, 그리고 수술 치료이다.

1) 약물 치료

항파킨슨 제제에는 레보도파, 도파민 효현제, 모노아민산화효소억제제, 아만타딘 등의 약제가 있다. 레보도파 제제가 가장 효과적이다. 그러나 장기간 도파민 제제를 사용하면 몸이나 얼굴을 불수의적으로 흔드는 이상 운동증 등의 후기 운동 합병증이 발생할 수 있다. 이 경우 뇌심부자극술이라는 수술적 치료 방법을 고려할 수 있다.

2) 운동 치료

파킨슨병은 활동력을 떨어뜨리고 자세 변형을 유발한다. 고개가 앞으로 쏠리고 어깨와 등이 둥글게 구부러진다. 이 때문에 몸을 곧게 펴는 뻗기 운동이 도움이 된다. 근력 운동을 강화하면 몸이 느려지고 뻣뻣해지더라도 이동성 및 기능을 유지하는 데 많은 도움을 준다. 파킨슨병 환자는 진행성 장애와 상관없이 신체 활동 기능을 유지하기 위해 운동이 매우 중요하다. 운동을 지속적으로 해야 한다.

3) 수술 치료

뇌심부자극술 DBS(deep brain stimulation)는 현재 실행하고 있는 치료법 중에 가장 효과적인 것으로 인정된다. 이 치료법을 통해 약물의 농도를 줄여서 약으로 인한 후유증을 없애는 것이 가장 좋다고 생각한다.

6. 주의 사항

파킨슨병 환자는 다음과 같은 약물을 반드시 피해야 한다.

1) 소화제

① 맥소롱(Metoclopramide) : 맥페란(Macperan), 레글란(Reglan)

② 레보프라이드 : 레보설피아이드, 설피라이드, 레보프랜 등

레보프라이드는 위장관 운동을 항진시키는 약물이다. 우리나라에서 아주 흔하게 처방되는 약물이므로, 각별히 주의해야 한다. 특히 소화불량이나 관절염에는 신경과가 아닌 다른 과에서 이 약물을 처방하는 경우가 매우 많다. 따라서 파킨슨병 환자가 파킨슨병 이외의 증상(소화기 계통, 관절염, 요통 등)으로 병원을 찾을 때는 레보설피라이드를 함유한 약물은 절대 금기라고 미리 말해야 한다.

2) 안정제 : 할로페리돌(Haloperidol), 퍼페나진(Perphenazine)

-출처:서울아산병원〈질환백과〉

7. 중요한 용어

1) 파킨슨병
뇌신경 전달물질인 도파민이 뇌에서 생성이 안 되므로 생기는 병.

2) 뇌심부자극술 DBS(deep brain stimulation)
깊은 뇌에 자극을 준다는 뜻으로, 뇌의 특정 영역에 전극을 이식하는 의술이다. 뇌심부자극술은 파킨슨 질병의 완치보다는 증상 악화를 지연시켜, 환자의 현재 상태를 유지하는 것을 목표로 진행된다.

3) 허니문 피어리드(Honeymoon period)
도파민을 공급하기 위해 마도파(명도파)를 복용하면, 5~7년간은 독특한 효과를 나타낸다. 이 기간을 허니문 피어리드라고 한다. 그러나 이 기간이 지나면 극단적으로 약효 지속시간이 짧아지므로, 약을 많이 먹어도 도파민의 부족으로 이상 운동의 증세가 나타나며, 이 기간이 지나면 후각 장애, 변비, 우울 증상 등이 나타난다.

4) 호앤-야 척도(Hoehn and Yahr Scale)

일단 파킨슨병으로 진단된 이후, 그 중증도와 예후를 판단하기 위해 어느 정도 진행되었는지 파악해야 한다. 그간 수많은 학자들이 각자 나름의 판단 기준을 만들어왔는데 그 가운데 가장 널리 알려진 것이 '호앤-야 척도(Hoehn-Yahr Scale)'이다.

호앤-야 척도는 총 5단계로 나뉘는데, 1단계에서 5단계로 갈수록 장애 정도가 증가하고 환자의 독립성은 감소한다.

먼저 '1단계'에서는 일측성 징후가 보이기 시작한다. 좌우 어느 한쪽에서 떨림이나 근육경직이 보이며, 증상이 아주 가벼운 편이다. '2단계'는 좌우 양측에서 모두 증상이 나타나며, 자세 변화가 꽤 명확해진다. 떨림, 근육경직, 느린 동작 때문에 일상생활이 약간 불편해지기 시작한다. 하지만 아직 균형의 장애는 없다. '3단계' 환자는 양측성 증상이 더욱 명확하며, 약간의 자세 불안정성을 동반하기 시작한다. 따라서 보행장애가 명확해지고 방향 전환이 불안정해지며, 돌진 현상도 뚜렷하게 관찰된다. 일상생활에서 여러 동작에 장애가 뚜렷하지만, 아직 신체적인 독립성은 남아 있다. '4단계'가 되면 심한 무능력 상태가 특징으로 노동능력을 상실한다. 기립이나 보행 등 일상 동작의 저하가 명확하지만, 아직은 걸을 수 있거나 혹은 도움 없이 설 수도 있다. '5단계'에는 독립적인 생활이 불가능해진다. 스스로 거동이 완전히 불가능한 상태로서, 간호 보조와 더불어 휠체어나 침대에 의존하는 생활을 하게 된다.

파킨슨병을 다스리기 위해 뇌심부자극술은, 증상에 따라 5단계로 구분한 호앤-야 척도(Hoehn and Yahr Scale)의 중간단계인 3단계 이전에 수술받을 것을 권한다.

호앤-야 척도를 정리하면 아래와 같다.

단 계		장 애 특 성
1단계	초기	신체 한쪽에 거의 없거나 최소의 장애가 있는 상태.
2단계		신체 양쪽이나 신체 중심 부위에 최소의 장애가 있는 상태. 균형 손상은 없는 상태.
3단계	중기	바로서기 반사가 손상된 상태. 의자에서 일어서기나 몸을 돌리는 동작을 할 때 불안정함. 일부 활동들은 제한되지만 독립적으로 생활이나 일부 형태의 고용 가능 상태.
4단계	말기	모든 증상이 존재하는 심한 상태. 보조에 의해 서기와 걷기가 가능한 상태.
5단계		전적으로 침상과 의자 차에 의존하게 되는 상태.

-출처:휴한의원 네트워크

5) 레보도파(Levodopa)

도파민의 전구체로서 파킨슨병에 처방되는 약 성분이다. 뇌혈관 장벽 때문에 도파민은 뇌로 직접 들어갈 수가 없다.

이때 등장하는 것이 바로 레보도파이다. 레보도파는 우리 몸에서 만들어지는 아미노산 중의 하나로 뇌 내부로 직접 흡수되며 이때 도파민의 전구체로서의 작용이 나타나는 것이다.

이것은 파킨슨병 환자들을 위한 중요한 치료법 중의 하나이다. 레보도파가 뇌 속으로 들어가면 도파민으로 전환되어 우리 몸의 운동 능력을 향상시켜 준다.

6) 도파민(Dopamin/Dopamine)

도파민은 중추신경계에 존재하는 신경전달물질의 일종으로, 아드레날린과 노르아드레날린의 전구체이다.

중뇌의 흑질(substantia nigra, SN)과 복측피개야(ventral tagmental area, VTA) 영역의 도파민 신경세포에서 분비되어 신경 신호 전달뿐만 아니라 의욕, 행복, 기억, 인지, 운동 조절 등 뇌에 다방면으로 관여한다.

뇌에서 분비된 도파민은 뉴런과 합성된 후 세포 속에 충전되어 활동 전위를 자극한 뒤 다시 방출된다. 이후 도파민은 분해되어 재흡수된 프로락틴(prolactin)의 분비를 억제하기도 한다. 따라서 프로락틴 방출 억제 호르몬(PIH)이라고도 불린다.

뇌에 도파민이 너무 과도하거나 부족하면 투렛 증후군, ADHD, 조현병, 치매, 우울장애 증상을 유발하기도 한다. 흑질의 도파민을 생성하는 세포가 특이적으로 파괴되어 운동 능력이 점차 떨어지는 질환이 파킨슨병이다.

즉, 연구 결과 파킨슨병을 앓고 있는 환자의 뇌 속에는 도파민이 부족하다는 사실이 밝혀졌다. 따라서 도파민은 파킨슨병 치료에 사용된다.   -출처:나무위키

Ⅱ 내가 겪은 파킨슨병

1. 증세와 적용한 치료(대처)법

1) 손떨림
(반드시 파킨슨병은 한쪽 손만이 떨린다고 알고 있다)
해결 방법 : 약을 먹어야 함.
(복용하는 약이 적을 때 나타나는 현상)

2) 목, 어깨, 허리가 구부러지며 숙여짐
해결 방법 : 약 복용 및 운동.

3) 행동이 느려짐
해결 방법 : 눕지 말고 운동 및 약 복용. 우선 편하다고 누워만 있으면 다리의 근육이 쇠퇴하고 걸어다니기가 점

점 어려워진다는 것을 명심해야 함.

4) 온몸이 굳어짐(특히 관절)

해결 방법：누워 있지 말고 운동.

(매일 유튜브 동영상 10분간 따라 하기)

—"전문의가 직접 가르쳐 주는 파킨슨병 맞춤 운동법"

(권오대 교수)

5) 불면증

해결 방법：약물 조정.(과다하게 약을 복용하는 사례가 많음)
바나나 1쪽, 우유 1컵, 꿀 1스푼, 땅콩버터 1스푼, 계피
가루 1스푼(티스푼)을 믹서에 갈아 매일 저녁 잠자기 직
전 마시면 불면증 치료에 도움이 됨(주의：배가 부르지
않도록). 내가 자주 복용하는 수면제는 내성이 거의 없
는 '파마에스조파클론정' 1~2mg을 잠이 오지 않을 때
복용하여 효과를 보았음. 또한 멜라토닌의 서커딘은 약
으로 정제되어 처방전을 통하여 구입 가능.
(의료보험 적용 안 됨)

6) 변비

변비에 대한 분명한 개념부터 정립하자.(헬스조선 한희준 기자)

① 변비란?

변기에 10분 넘게 앉아 있다면 변비 증상이다. 변비가 있으면 아랫배가 더부룩하고 화장실에 다녀온 후 잔변감이 느껴져 개운하지 않는 등 삶의 질이 크게 떨어진다. 변비를 유발하는 생활 습관을 적극적으로 고쳐야 한다. 생활 습관은 최소 2~3주는 개선해야 한다.

대변은 음식물이 위→십이지장→소장→대장을 거치면서 만들어지고, 직장→항문을 통해 배설된다. 이 소화기관을 둘러싸고 있는 근육이 적절히 움직여야 대변이 바깥으로 잘 배출된다.

일반적으로 하루에 200g 정도의 대변이 규칙적으로 나온다. 하지만 3~4일에 한 번씩 대변을 봐도 본인이 느끼기에 불편하지 않다면 정상이다. 만약 배변 활동이 원활하지 않아서 ▲3~4일에 한 번 배변하는 것도 힘이 들거나 ▲대변을 봐도 시원한 느낌이 안 들거나 ▲대변이 딱딱해서 잘 안 나오거나 ▲힘을 지나치게 많이 줘야 한다면 변비다.

② 대변 양이 적고 딱딱하다.

식이섬유와 수분 섭취를 늘려야 한다. 변비 환자 중 다이어트를 하는 사람이라면 대변의 양이 적은 게 문제일 수 있다. 적게 먹으면 그만큼 음식물 찌꺼기도 적기 때문에 대변이 많이 안 만들어진다. 그러면 대변 부피가 작아서 다음 단계로 넘어가지 못하고 정체된다.

연세하나병원 내과 김대하 원장은 "먹는 양을 늘리는 게 부담스럽다면, 섭취 음식을 식이섬유가 많은 식품으로 대체하는 게 도움이 된다."고 말했다. 식이섬유를 1g 섭취하면 대변량이 2.7g 증가한다는 연구 결과가 있다. 음식물 찌꺼기와 수분을 모은 뒤 부풀어 오르는 성질 덕분이다.

몸속 수분이 부족해서 대변이 딱딱해져도 변비가 생긴다. 수분 섭취량 자체가 적은 것도 문제지만, 커피·짠 음식·술 등을 많이 먹어서 이뇨 작용이 활발해지는 것도 안 좋다. 변비를 예방하려고 먹는 식이섬유 식품 탓에 변비가 생길 수도 있다. 식이섬유 식품을 먹은 뒤 물을 충분히 안 마시면 식이섬유가 몸속 수분을 모두 끌어들인 뒤 배출되므로, 결과적으로는 수분이 부족해지는 상태가 된다. 식이섬유 식품과 함께 하루에 1.5~2L의 물을 마시는 게 좋다.

③ 장운동이 원활하지 않다.

하루 30분 걷고, 변비약을 끊어보자. 활동량이 적으면 장의 연동운동(장이 수축하면서 대변을 바깥으로 밀어내는 활동) 기능이 저하된다. 대변이 가득 차 있어도 장이 대변을 밀어내지 못해 변비가 생긴다. 하루에 30분~1시간씩 걷는 게 변비 해소에 도움이 된다.

장 점막을 과도하게 자극하면 장이 무력해져 연동운동이 잘 안 이뤄진다. 장 점막을 자극하는 대표적인 생활 습관이 무분별한 변비약 복용과 흡연이다. 시중에서 쉽게 구할 수 있는 변비약은 장을 자극하는 성질이 있는데, 변비가 있다고 무작정 이 약을 먹다 보면 장이 무력해진다. 변비약은 증상이 심하거나 오래됐을 때, 약사나 의사와 상의한 후 복용하는 게 바람직하다.

김대하 원장은 "담배를 피워야만 대변을 볼 수 있다고 호소하는 사람도 있는데, 담배 속 니코틴이 장 점막을 자극하기 때문"이라며 "방치하면 결국엔 장이 무력해져 없던 변비가 생기거나 악화된다."고 말했다.

④ 변의가 안 느껴진다.

이때는 특히 변기에 오래 앉아 있지 않아야 한다. 배변 욕구가 없는데 신문이나 스마트폰 등을 보면서 억지로 변기에 앉아 있는 습관은 변비를 부추긴다. 변기에 오래 앉아 있으면 장이나 항문이 자극에 둔감해진다. 대변을 보고 싶을 때만 변기에 앉고, 대변 보는 것에만 집중해야 한다. 변기에는 10분 이상 앉아 있지 않아야 한다.

대변을 참는 습관도 좋지 않다. 변의가 느껴질 때 참다 보면, 배변 반사 기능이 억제돼 직장에 대변이 꽉 차 있어도 대변이 마렵지 않게 된다. 변의가 느껴지면 30분 안에 배변해야 한다.

나의 변비 극복기

변비 때문에 늘 고생해 왔지만, 요즘 들어 언제부터인지 배가 아프기 시작했다. 처음에는 배꼽 부분이 아프더니 점차 명치 위쪽으로 통증이 옮겨갔다. 특히 누워 자려고 하면 배가 아파 누워 있을 수가 없었다.

며칠 동안은 진통제로 통증을 다스리고 잠을 잤다. 또 감기기운이 있어서 약을 지어 먹었지만 왜 그런지 몸이 으스스하며 몸살기가 떠나지 않았다. 그렇다고 매일 몸살약을 먹을 수만도 없었다.

얼마 못 가서 통증은 이곳저곳으로 번져갔고 잠들기가 어려울 만치 심해졌다. 그렇게 3개월이 지나갔다. 경상국립대학병원에서는 열공 탈창, 횡경막 탈창이라고만 할 뿐 별다른 설명도 없고 검사 결과지와 타 병원 의뢰서를 발급해 주면서 열이 나고 돌발적인 통증이 아니면 타병원에 가서 진료를 받으라고 했다. 병원 파업으로 인하여 정상적인 진료가 어렵다는 것이었다.

그동안 먹은 진통제가 2통(60개)이나 된다. 그런데도 배는 여전히 아프다. 의뢰서를 들고 H병원을 찾아갔다. 거기서도 여전히 다른 원인은 없고 한 번 더 약을 먹어보라고 한다. 3주분의 약을 처방해준다. 원치 않은 약만 자꾸 늘어갔다.

3일을 먹어보았다. 아무런 차도가 없었다. 나는 컴퓨터 검색을 시도했다. 진주시에 있는 오래된 병원, 그리고 나이가 지긋한 의사를 검색하여 K병원을 찾았다.

경상국립대학병원에서 검사한 기록지를 받아 들고 찾아갔다. 접수대에 의뢰서와 기록지를 제출하면서 나이가 지긋한 의사 선생님을 원한다고 했다.

처음 본 의사는 기대와 달리 나이가 들어 보이지 않는 분이었다.

의뢰서와 기록지를 보면서 나의 지병에 관해 묻더니 혹시 변비가 있느냐고 물었다.

"예, 있습니다. 한동안 변비 때문에 크게 애를 먹었습니다. 지금은 많이 좋아졌습니다."

"왜 계속 배가 아프냐 하면, 바로 변비 때문입니다. 혹시 아픈 부위가 사방으로 돌아다니지 않습니까?"

"그렇습니다. 이젠 통증의 위치를 특정하기가 어렵습니다."

"변비, 바로 그 변비가 원인입니다. 이렇게 하시지요. 변비약은 계속 먹되 이미 먹고 있는 위장약을 버리기는 아까우니까 그것에 더하여 소화제를 드십시오. 2주 후에 다시 오십시오."

첫 대면임에도 불구하고 신뢰할 만한 의사라는 생각이 들었다. 나는 다른 병원에서 처방한 약이 제대로 듣지 않아서 이 병원으로 왔다. 다른 병원에서 내린 처방이 제대로 된 것인지 아닌지 상관없이 자기대로의 처방을 내리는 것이 통례이다.

그러함에도 불구하고 먹던 그 약에 보완할 약만을 첨부하여 먹도록 하는 것은 동료 의료진과 환자를 동시에 배려하는 조치이기 때문이다. 참으로 놀랍지 않은가! 그날 밤은 아무런 고통 없이 잠을 잤다.

그날 밤 나는 변비약을 먹고 배의 아픈 부분마다 파스를 발랐다. 그렇게 하고 보니 옮겨 다니던 통증이 그대로 멈추어 파스 아래 붙잡혀 있는 것 같았다. 그러나 이후 여전히 배는 아파왔다.

나는 병원에 갈 때마다 의사가 묻기도 전에 나의 병에 관해서 다 말한다. 이 병원에서도 내가 파킨슨병 환자임을 밝혔다. 그러나 수술을 해서 지금은 90% 이상 정상적인 삶을 살아가기 때문에 파킨슨병 약은 거의 먹지 않고 있다고 했다.

그 의사는 깜짝 놀라서 물었다.

"파킨슨병도 수술을 하나요? 수술이면 어떤 수술인데요?"

"예! 전기 자극술입니다."

나는 어깨를 보여주었다.

"여기서 머리로 전선이 연결되어 도파민 대신에 전기를 통하여 뇌에 자극을 줍니다."

"어디서 수술을 했습니까?"

"삼성서울병원입니다."

생각건대 저 의사도 뇌심부자극술을 모르니 파킨슨병도 수술을 할 수 있느냐고 물었을 것이다. 그러니 어찌 일반 시민들이 적극적으로 파킨슨병 수술을 받을 것인가 하는 안타까운 마음이 들었다.

나는 의료진들의 조언에 따라 다음과 같은 방법으로 변비 문제를 해결해 가고 있다.

① **집약적인 약물치료**(듀락칸이지시럽, 마그밀정을 같이 복용)**와 더불어 온수 좌욕**을 매일 대야(여성용 침대용 간이 소변기)에 따뜻한 물(팔꿈치가 닿아도 되는 온도의 따뜻한 물)을 받아 항문을 담가 관장을 함.

이때 괄약근이 조이므로 케겔 운동도 더불어 하면 변이 절로 나오고 혈액순환과 골반 강화 운동이 됨. 이 온수 좌욕은 하루에 2~3회 실시함.

② **하루에 8컵 이상 물을 많이 마시고 생유산균을 매일 복용.**

③ 자세 교정(변기에 앉지 말고 바닥에 쪼그리고 앉아 변을 봄). 무릎 때문에 위의 자세가 어려우면 변기 손잡이를 사서 붙임.(의료기 복지 용구센터에서 구입 가능)

④ **변기 앞에 발판**(다이소에 가면 살 수 있음)을 놓고, 가슴을 최대한 앞으로 구부려 몸을 낮추어 용변을 보면 힘이 들지만 해결할 수 있음. 특히 나 자신이 처음부터 현재까지 파킨슨병의 영향으로 고통 받고 있는 것이 변비 증상이었음.

⑤ **그래도 변을 해결하지 못하는 경우에는 액체로 된 관장약을 항문에 직접 주입하여 변비 문제를 해결해야 한다.**(습관화되지 않도록 조심하여 사용)

7) 섬망 증세

해결 방법:대표적인 약물 중독임. 이 현상이 나타나면 즉시 복용하는 약을 줄여야 함. 나의 경우 종합비타민제를 2달간 복용한 후 섬망 증세가 나타남. 섬망 증세 시 결코 환자를 혼자 두지 말아야 함. 옆에서 설득하고, 즉시 현장을 바꾸어서 정신을 차리게 해야 함. 파킨슨병으로 나타나는 섬망 증세는 별도의 치료 없이 한 달 정도 지나면 자연히 사라지게 됨.

8) 다리, 손 통증(송곳으로 찌르는 것 같은 통증), 저림

해결 방법:주물러 주는 것. 발 마사지기(장화 형태로 된 공기 압축기)로 효과를 많이 봄. 10분 정도 지나면 잠도 오게 됨.

9) 빈뇨

해결 방법:비뇨기과 치료를 받음. 현재 한미탐스오디 0.2mg을 하루에 한 알 잠자기 전에 복용하고 있음.

10) 걸음걸이가 앞으로 숙인 상태로 총총걸음과 뒤뚱거림

해결 방법:운동을 통하여 자세 교정. 옆에서 같이 걷는 아내의 잔소리를 늘 듣고 자세를 교정함.

11) 얼굴 무표정, 감정 표현이 없어짐

해결 방법:계속된 얼굴 표현 훈련과 얼굴 마사지.

12) 혀가 꼬부라지며 말이 잘 안됨

해결 방법:꼬부라진 혀를 앞니로 가볍게 물었다가 폄. 그리고 특히 윗입술을 자주 마사지함. 입안에 가득 바람을 채워 풍선처럼 불게 함. 입술을 둥글게 함. 혀를 길게 내뻗음. 큰 소리로 단어 하나하나를 정확하게 외

침. 큰 소리로 노래함.

13) 찬바람(에어컨, 선풍기)을 직접 맞으면 몸이 즉시
경직됨.

해결 방법:어디를 가든지 찬바람을 직접 맞지 않도록
살펴서 자리를 찾아 앉음.(특히 찬바람은 밑바닥으로
부터 올라오기 때문에 무릎담요를 늘 지참하고 다님)

14) 부부관계

해결 방법:파킨슨병 환자는 부부관계로 말미암아 많은
어려움과 갈등을 겪고 있음. 아직도 우리나라는 보수
적이고 또 현재 파킨슨병 환자들이 나이가 많은 관계
로 정확한 통계는 구하기가 어려움. 그러나 59%가 이
문제로 어려움을 토로하고 있다고 함.
부부관계는 마음의 상처를 치유하는 도구로 인간에게
주신 최고의 선물이라는 것을 기억할 필요가 있음.
특히 협심증 증세가 있는 사람은 허혈성 심장질환자
로서 혈관질환까지 보유하게 됨. 따라서 심혈관 응급
처치약(니트로글리세린)을 처방받았을 경우 신중하게
복용해야 함. 특히 비아**(88)와 니트로글리세린은 절
대로 동시에 복용하면 안 됨. 혈관이 확장되어 자칫하

면 저혈압으로 떨어질 우려가 있음.

그런데 대한심장학계의 공식 발표에 따르면 비아**
와 심장병 약을 먹어도 괜찮다고 함. 하나님께서 우리
인간에게 주신 큰 행복을 알지 못해서 누리지 못한다
면 오히려 손해라고 함.

흔히들 복상사의 주인공이 될까 봐 걱정하지만 응급
처치 약 니트로글리세린(혈관확장제)을 매일 동시에
복용하지 않는 부부는 협심증 환자라도 걱정할 것 없
으나(매일 먹는 협심증약에도 혈관확장제가 포함된
자는 제외하고 복용) 혹시 부부가 아닌 다른 이들은 매
우 조심해야 함.

─심장내과 교수가 말하는 비아**와 심장병(출처:대한심장TV)

15) 뇌심부자극기를 이식한 후 불가피하게 다른 수술을 받아야 할 경우

나는 변비로 말미암아 항문(치질) 탈장으로 배변을 하고 난
후 괄약근을 통해 항문이 몸속으로 들어가야 하는데 들어가
지 못하고 손으로 밀어 넣어야 하는 어려움에 봉착했다. 그리
하여 불가피하게 수술을 받아야 했다. 그런데 문제는 치질 수
술은 척추마취를 통해서 시행한다는 것이다.

이 수술은 전기가 필요한 수술이므로 강력한 전기가 몸속에 흘러가기 때문에 뇌심부자극기를 반드시 꺼야만 한다는 것이다.

그러면 내 몸은 수술받기 전 상태로 돌아감으로 말미암아 손과 팔 등이 계속 떨리므로 수술이 불가하게 된다. 그리하여 담당 교수님은 수술을 할 수 없다며 삼성서울병원에서 수술받을 것을 요구하시면서 진료를 끝낸다고 말씀하셨다. 그러나 지금은 삼성서울병원의 경우 전공의들의 파업으로 말미암아 일체 외래진료의 날짜가 잡히지 않는다는 것이다.

그리하여 뇌심부자극기를 판매하고 수입한 회사에 전화해서 상담도 하고 다른 병원에 가보기도 하였지만 아무런 도움이 되지 못했다.

기계 수입회사에서는 전기가 몸을 통과하는 경우에는 반드시 뇌심부자극기를 꺼야 한다는 것 외에는 말이 없다.

다른 병원에서는 대학병원도 못하는 수술을 어떻게 할 수 있느냐며 고개를 절레절레 흔든다.

고민 끝에 나 스스로 판단하기를 "약을 복용하고 자극기를 끈다"면 되지 않겠나 하는 생각이 들어, 내 몸을 가지고 실험에 돌입했다.

자극기의 전원을 끄자 즉시로 오른쪽 손떨림이 시작되고 차츰 양손 떨림으로 온몸이 떨리는 것이었다. 그리하여 다시

자극기를 켰다.

이어서 명도파 3알을 먹고(대략 수술 전에 먹었던 약의 용량) 몸에 신호가 오기까지 기다렸더니 30여 분 지나자 말이 빨라지고 다리가 꼬이기 시작한다. 즉시로 자극기를 끄자 놀랍게도 손떨림이 없고 다른 아무런 이상현상이 나타나지 않는다. 그리고 1시간 30분이 지나자 다시 떨리기 시작한다.

즉시로 자극기를 켜자 몸은 정상적으로 회복되었다.

명도파 3알을 먹고 약효가 나타나는 30여 분이 지난 후부터 최소한 1시간 30분은 자극기의 전원을 끄고 수술이 가능하다는 결론을 얻게 되었다.

이 방법이 나의 무모한 행동인지는 모르겠지만, 답답한 나로서는 도전해 볼 수밖에 없었던 방법이다. 이제 얼마든지 수술을 받을 수 있을 것 같다. 할렐루야!

이와 같은 내용으로 삼성서울병원의 상담원과 통화한 후, 자극기를 교수님 모르게 임의대로 끄거나 조작하면 안된다는 안내원의 지시에 따라 일주일 후 진료시간을 예약했다.

아마도 다른 방법이 없는 것 같다. 전신마취를 하고 자극기를 끈 상태에서는 수술이 가능하지만, 척추마취(하반신만 마취)를 하므로 자극기에 영향을 주지 않기 위해서는 자극기를 꺼야 하는데, 끄면 몸이 떨려 수술을 할 수 없다고 하니, 지금 내가 생각하는 방법대로가 가장 현명한 방법인 것 같다. 그렇더라도 담당 교수님과 상의를 해야 하는 중요한 일인 것이다. 역시나 병원에서도 나의 판단대로 하면 된다는 것이었다. 그러고는 이에 대한 소견서를 아래와 같이 만들어 주셨다.

"파킨슨병은 수술의 금기증이 아니며, 뇌심부자극기 삽입 자체 또한 수술의 금기증이 아니며, 뇌심부자극기를 끈 후 떨림에 대해서 조정할 수 있도록 한 점을 고려하여 진행하시면 될 것 같습니다. 그리고 뇌심부자극기를 끈 후 이때 발생하는 손떨림 조절을 위해 명도파 125mg 3T를 복용하도록 안내하였습니다."

또한 수술을 시작하기 전 약을 먹어야 하는데, 이는 약효가 나타나는 시간이 복용 후 30분이 되어야 하므로 반드시 의료진과 잘 맞추어 시행되어야 한다. 물론 사람마다 약효가 나타나는 시기가 다를 수 있다. 이런 사실은 환자 본인만이 알 수 있는 것이다.

16) 몸살, 허리 통증, 옆구리 통증, 배 등의 통증
해결 방법 : 온몸에 몸살기 같은 통증이 찾아왔다. 감기 몸살 약을 지어 먹어도 그때뿐, 특히 배가 아파 잠을 제대로 자지 못해 그 원인을 찾기 위하여 검사(위 내시

경, CT 촬영)를 하였지만 도움을 얻지 못했다. 혹시 원인이 파킨슨병 때문이 아닐까? 라는 생각에 약의 양을 증량하려다, 뇌심부자극기를 한 칸 올리는 것이 좋겠다는 생각에 좌, 우로 한 단계 올렸다. 즉시로 몸의 통증이 사라졌다. 원인 모를 통증이 찾아올 때, 파킨슨병으로 말미암은 것은 아닌지 먼저 살펴보고 약물로 조치한다면 쓸데없는 고생을 덜 하게 될 것이다.

2. 파킨슨병 환자가 주의해야 할 음식과 피해야 할 약들

1) 파킨슨병 환자는 가능한 한 종합비타민제는 먹지 않는 게 좋다고 생각함.(설명서에 보면 '파킨슨병 환자는 의사와 의논하세요.'라는 주의 문구가 있음)

2) 비타민 B6 같은 경우는 도파민을 공급하는 길을 차단하므로 결코 먹어서는 안 되는 것임을 나중에야 경험하고 알게 되었음. 도파민약을 먹지 않은 것과 같은 결과가 나타남.

[비타민B, '이 환자'에겐 독 될 수도]

비타민B는 피로 회복, 근육통 완화, 혈관 건강 강화 등에 효과가 좋아 현대인에게 유용한 성분으로 알려졌다. 하지만 비타민B가 오히려 건강을 해치는 경우도 있다. 비타민B 복용을 주의해야 하는 경우를 알아보자.

◆파킨슨병 약효 방해하기도

파킨슨병 때문에 치료제를 복용하고 있다면 비타민B는 복용하지 않는 게 좋다. 특히 비타민 B6는 파킨슨병 치료제 중 하나인 레보도파와 충돌, 부작용을 일으킬 수 있어 주의가 필요하다.

파킨슨병은 신경전달물질인 도파민 부족과 관계가 있는 질환인데, 레보도파는 이를 보충해준다. 레보도파는 탈탄산효소를 억제하는 방식으로 우리 몸에 흡수되고, 효과를 낸다. 그런데 비타민 B6는 이 과정을 방해한다. 비타민 B6는 탈탄산효소의 합성을 증가시켜 레보도파의 작용을 방해한다.

비타민 B6는 파킨슨병 환자가 아니더라도 복용에 주의해야 한다. 비타민 B6는 고용량 제품을 장기간 복용하면 신경

학적 이상 증상이 나타날 수 있다. 일부 연구에서 고용량 비타민 B6 장기 복용은 빈혈, 경련, 말초 신경장애 등을 일으킬 수 있다고 보고됐다. 비타민 B6의 1일 권장량은 25~100mg이다. 만일 고용량 비타민 B6(1일 200mg 이상)를 복용한다면, 8주 이내로만 복용하는 게 좋다.

한편, 비타민 B6는 결핍돼도 건강 문제를 일으킬 수 있다. 비타민 B6는 단백질 대사와 적혈구에서 산소를 운반하는 헤모글로빈 합성에 관여, 체지방 대사에 중요한 역할을 한다. 결핍되면 피부염, 구내염, 구순염, 우울증 등의 이상 증상이 나타날 수 있다.

그러므로 파킨슨병 환자는 먼저 의사에게 자신의 상태를 밝히고 약을 처방받을 때 주의를 기울여야 한다. 특히 기름진 고기나 생선은 약과 함께 먹지 말고 최소한 2시간 간격을 두고 먹으면 좋다. 커피는 할 수만 있으면 마시지 말 것과 꼭 마시기를 원한다면 아침에 한 잔 정도.―불면증 유발

비타민 한 알 먹는 게 무슨 대수냐고 생각할 수도 있다. 그러나 파킨슨병에 시달리는 환자는 비타민 한 알도 결코 소홀히 해서는 안 된다.

나 자신이 종합비타민제를 먹고 난 후 잠을 자지 못하고 섬

망 증세로 빠져들기 시작했던 것이다.

그러므로 먹는 약 한 알도 주의하여 살필 때 반드시 좋은 결과를 보게 될 것이다.

성경에 보면 이스라엘 백성들이 홍해를 건너 수르 광야에 이르러 사흘이나 광야 가운데로 들어갔지만 마실 물이 없었다. 불평하며 마라에 이르러 물을 만났지만, 그 물은 써서 마실 수 없었다. 원망하고 불평이 고조에 다다랐을 때 하나님께서는 모세에게 한 나무를 보여주시면서 그 나뭇가지를 꺾어 물에 던지라고 명하셨다. 모세가 즉시로 순종하였더니 물이 달게 되었다.(출 15:22-26)

여기서 잠깐 생각해 보자. 하나님께서는 말씀만 하셔도 쓴 물이 단물로 변할 수 있을 텐데 왜 굳이 모세로 하여금 나뭇가지를 꺾어서 넣으라고 하셨을까?

여러 가지 해석이 있지만 이 말씀의 핵심은 순종 여부에 대한 시험일 것이다. 그 나뭇가지에 효능이 있는 것이 아니라 오직 하나님의 말씀에 순종하느냐 하지 않느냐의 모습을 친히 보고자 하신 것이라고 나는 생각한다.

내가 파킨슨병을 극복할 수 있었던 원동력은 발달한 현대 의학에서 나왔다고 생각할 수 있겠지만 나는 무엇보다도 하나님의 뜻에 순종하는 것이 현대 의학을 앞선다고 생각한다.

감히 말하건대 내가 믿는 하나님은 온 인류의 하나님이시며 우주의 주인이시다. 누구든지 전능하신 하나님을 믿고 하나님의 능력을 구하며 의학의 도움을 받는다면 기적과 같은 회복의 역사를 체험하게 될 줄 믿는다.

성경에 이런 말씀이 있다.(막 9:23, 새번역)

"예수께서 그에게 말씀하셨다.

'할 수 있으면'이 무슨 말이냐?

믿는 사람에게는 모든 일이 가능하다."

나는 뇌심부자극술을 받은 순간부터 외적인 변화가 즉시로 나타났다. 변비와 빈뇨의 증세만 남고 모두가 자연히 해결되었다. 물론 변비와 빈뇨 문제도 병원 진료를 통해서 큰 문제 없이 해결해 나가고 있다.

나는 2023년 10월부터 현재까지 일주일에 2번 이상은 초등학교 운동장에서 맨발 걷기를 하고 있다. 처음 1주일간은 매우 힘들었지만 참고 꾸준히 하다 보니 이제는 너무나도 편안함을 느낀다.

3. 뇌심부자극기와 하나 되기

요즈음 파킨슨병에 대한 치료제 개발 소식이 여기저기서

들려온다. 참으로 반갑고 기쁜 소식이다.

줄기세포를 통한 치료제로서 태아의 뇌세포를 배양해서 이식하여 치료하는 법이 개발되었는가 하면 다른 사람의 세포가 아닌 자기의 피부 세포를 이식하는 치료법이 개발되었다. 자기의 피부 세포를 이식하는 치료법은 부작용이나 거부반응이 없고 윤리적인 문제도 자연스럽게 해결된다고 한다.

또한 2029년 상용화를 목표로, 뇌 속에 도파민 세포가 생성될 수 있도록 뇌에 500원짜리 동전 크기의 구멍을 뚫어 6곳 정도의 장소에 분산하여 수정된 배아 줄기세포를 심어 뇌 속에 직접 도파민 세포가 자라도록 함으로써 근원적인 치료제로서의 역할을 하게 될 것이라는 기대를 하고 있다고 한다.

비록 뇌심부자극술이라 할지라도 아직은 파킨슨병으로 생겨나는 증상과 후유증을 막아주고 현 상태를 계속 유지할 수 있다는 것뿐이지 파킨슨병이라는 질병을 완전히 다스리지는 못한다.

그러나 분명한 것은 파킨슨병은 가까운 시일에 반드시 정복되리라는 것이다. 그때까지 우리는 자신에게 주어진 현실 속에서 과학적이고 객관적이며 의학상식에서 벗어나지 않는 범위 안에서 대처해 나가야 할 것이다. 그리하여 누구나 의료보험 적용을 통해서 쉽고 저렴하게 파킨슨병 치료를 받을 수 있는 날이 속히 오도록 해야 할 것이다.

만일 완전한 치료제를 기다리며 민간요법 등 검증되지 않은 치료에 매달리고 있다면 즉시 바른 치료를 받을 수 있도록 해야 한다.

아직 완전한 치료제가 나오지 않고 완전한 치료법을 찾지 못했다고 해도 의료진을 전적으로 신뢰하고 정확한 시간에 약을 먹으며 운동도 열심히 하며 그 지도에 순응할 때 파킨슨병을 완전히 정복하는 날이 속히 찾아올 것이다. 우리의 소망이 믿음이 되고 그 믿음이 우리의 삶 속에서 현실로 나타날 때까지 희망의 끈을 놓지 말아야 할 것이다.

뇌심부자극술은 현재 실행하고 있는 치료법 중에 가장 효과적인 것으로 인정된다. 이 치료법을 통해 약물의 농도를 줄여서 약으로 인한 후유증을 없애는 것이 가장 좋다고 생각한다.

나는 지난 10여 년 동안 파킨슨병과 싸우면서 파킨슨병이 주는 모든 후유증을 거의 다 경험했다. 그 결과 뇌심부자극술이 제일 좋은 방법이라고 생각하여 감히 소개하는 바이다.

오늘날 많은 파킨슨병 환자들이 약물을 과도하게 투약하는 경향이 있다. 스스로 약에 대한 상식을 늘려서 자신에게 적용하는 것도 현명한 대처법이 될 것이다. 최소한 내가 어떤 약을 먹고 있는지 정도는 알아야만 하지 않겠는가?

그렇게 해서 처방전을 근거로 하여 컴퓨터 검색을 시도하는 한편 담당 의사와 상의하면서 최대한 약의 숫자를 줄여나가는 것이 좋을 것이다.

나는 그동안 이곳저곳에 나누어 진료받던 것을 한 곳으로 옮겨놓았다. 어느 과의 진료를 받든지 처방전을 통해 중복되지 않고 최소한의 약을 먹도록 지도받고 있다.

담당 주치의, 특히 파킨슨병을 전공한 전문의의 지도를 잘 따른다면 환자 자신의 병의 진행 속도에 맞는 정확한 약물의 공급은 물론 뇌심부자극술도 받을 수 있는 길이 열릴 것이다.

뇌심부자극술은 원한다고 해서 아무나 받을 수 있는 수술이 아니기 때문이다. 철저한 검사를 통해서 수술의 효과를 확신할 수 있을 때만이 수술이 허락되기 때문이다.

또한 아직도 이런 수술을 할 수 있는 병원은 얼마 되지 않는다는 것도 고려해야 한다. 그러므로 병원 선택도 신중하게 해야 한다.

수술비도 약 오천만 원 정도 드는데 자부담 10%이며 나머지는 의료보험과 산정특례(유효기간 5년)로 지급되기 때문에 이런 조건에 부합되는지에 대한 것도 고려하는 것이 좋다. 실비보험에 가입되어 있다면 자부담도 해결된다.

나는 담당 교수님이 약을 먹지 않고 기계로만 조절해 보자고 해서 2023년 11월 7일부로 약을 다 끊게 되었고, 현재 뇌심부자극기로만 조절하고 있다.

이런 결과는 의료진과 의료기술에 의해서 발생한 것이겠지만 하나님의 축복이 아니고는 기대하기 힘든 것이다. 이런 축복을 받은 내가 어찌 그 기쁨을 찬양하지 않고 배길 수 있겠는가!

고향으로 돌아왔을 때 나를 알고 있는 사람들이 뜨거운 응원과 격려를 보내왔다. 참으로 무엇이라고 감사의 말씀을 드려야 할지 모르겠다.

나는 오늘도 생각해 본다. 하나님께서 죽어가던 나의 생명을 살려주시고 새롭게 해주신 은혜에 감사하면서 나를 향한 하나님의 계획과 뜻하신 바가 무엇일까? 그 뜻을 바로 깨달아 주님을 기쁘시게 해드려야 하리라.

또한 나는 누구보다도 국가로부터 많은 혜택을 받았다는 사실을 잊지 않고 나라를 위하여 최선을 다할 것을 다짐해 본다.

파킨슨병은 노인들의 병이 아닌 누구나 걸릴 수 있는 뇌 질환이다. 요즘 우리나라에도 약 130,000여 명의 환자가 있으며, 날마다 파킨슨 질병의 치료를 받아야 할 사람이 늘어나고 것이 사실이다.

파킨슨병의 전조 증상(130쪽 참고)을 잘 알아두었다가 증상이 나타나면 즉시로 전문의를 찾아가 도움을 구하는 것이 좋다. 다시 한 번 강조하건대 자기 스스로 파킨슨병의 의사가 되지 말아야 한다. 어설픈 자기 돌봄, 즉 자가 치료는 오히려

병을 더 키울 염려가 있다.

4. 걷기 운동

2023년 7월 12일 뇌심부자극술을 받고 난 후 나는 틈만 나면 온 동네를 걸어다녔다. 지금은 매일 아침 7시에 아내와 함께 동네 곳곳을 걷는다. 계속하다 보니 어느샌가 모르게 코스가 형성되었다.

♠1코스
땅뒤먼당으로 올라가 신기부락으로 내려오는 길을 택해 집으로 돌아오든지, 아니면 반성 절간 앞으로 하여 돌아오든지 또는 반성교회를 거쳐 집으로 가는 코스다.
절간 옆으로는 반성 들을 내려다볼 수 있는 전망대가 있다. 그곳에는 운동기구와 벤치가 있어 앉아 쉬기도 한다.
우리나라는 어느 곳을 가든지 이런 전망대나 또 그곳에 설치되어 있는 운동기구들을 발견하게 된다. 아마도 건강에 많은 관심이 있기 때문이고, 또한 돈을 많이 들이지 않아도 설치자(기관장)의 공로가 드러나 보이기 때문이 아닐까 생각된다.

♠2코스

공치재를 따라 정씨 문중의 묘지까지 간다. 이 코스는 아스콘으로 포장된 길을 따라 올라가면 잘 조성된 정 씨네 문중의 묘지가 있다. 옛 어르신들의 가문을 중히 여기는 모습과 현대를 살아가는 젊은 후손들의 수고로움이 그대로 스며 있다.

충효의목忠孝義睦이라는 큰 글귀가 입구에 새겨져 있다. 국가에 충성하고, 부모님께 효도하며, 옳은 일에 앞장서며, 형제간에 화목한 자손이 되기를 바란다는 조상들의 깊은 뜻을 다시 한 번 기억해 본다.

♠3코스

정 씨네 문중의 묘지를 지나 150미터 더 올라가면 공치재 꼭대기에 설치된 운동기구가 있다. 내 생각으로는 이곳이야말로 대표적인 전시행정의 표본인 것 같다.

아무리 좋은 운동기구를 갖추어 놓았다고 해도 접근성이 없다면 아무 소용이 없는 곳이다. 제일 가까이 사는 아파트 주민들이라 해도 이곳까지 걸어오면 기진맥진해진다. 공치재에 새로 도로를 내고 산꼭대기에 남은 자투리땅에 운동기구를 설치하여 동네 운동시설로 만들어 놓았지만 그림의 떡일 수밖에 없는 것이다. 일반인이 접근하기에는 너무나도 가팔라서 이곳에 오려면 운동시설에 도착하기도 전에 길에서 지쳐버리기 때문이다.

♠4코스

공치재를 따라 포장된 새길로 가지 않고 아파트 옆으로 숲길을 따라 공치재에 오르는 길이 있다. 여러 곳의 운동코스보다 참 좋은 길이다. 숲속 꼭대기를 따라 올라가다 보면 공기는 말할 필요도 없고 산새 소리와 더불어 향기로운 숲 냄새가 나를 사로잡는다. 최고의 코스다.

♠5코스

걸어서 10분 거리에 초등학교 운동장이 나온다. 주변에 맨발로 흙을 밟을 곳으로는 최고로 좋은 곳이다. 맨발로 10바퀴를 돌고 나면 4,000보를 걷게 되고 약 35분간의 시간이 소요된다. 그리고 발을 씻고 10분간 걸어서 집에 오면 하루 운동이 끝난다.

한창 맨발걷기 열풍이 불 때 나도 같이 맨발로 걸어보았다. 지금도 1주일에 최소한 2번 이상을 맨발로 걷고 있다. 벌써 1년이 되어 가는 것 같다. 지난 겨울철에도 그대로 맨발로 걸었다. 이젠 맨발로 걸으면 참 편안해짐을 느낀다. 그리고 시간이 나는 대로 가까운 바닷가인 진동 광암해수욕장에서 바닷물에 발을 담그고 맨발 걷기를 한다.

♠6코스

초등학교를 지나 남평 부락을 거쳐 답천 들로 나간다. 그곳에는 반성천이 흘러간다. 초등학교 시절 이곳에서 동네의 모든 꼬마들이 모여 멱을 감았다.

남평교에서 시작하여 떡보 다리까지 간다. 떡보 다리에는 옛날부터 내려오는 전설이 있다. 지금은 다리가 놓여 있지만 그때는 보만 있었다. 어느 날 떡장수가 머리에 떡을 이고 건너다 빠져 죽었다고 한다. 그래서 떡보라고 한다.

더구나 무서운 것은 해마다 떡보에서 멱을 감는 어린아이들이 꼭 한 명씩 물에 빠져 죽는 사고가 나기에 떡보라면 우선 무서운 생각부터 든다. 다행스럽게도 떡보 바로 위에 현호 방천이라고 하는, 물이 깊지 않고 넓은 곳이 있어 그곳에서 늘 멱을 감던 생각이 난다. 지금은 직강 공사로 인해 옛 모습은 찾아볼 수가 없다. 또한 물도 옛 물이 아니라 가축 폐수 등 사람들이 버린 오물들로 인해 물에 들어가는 것조차 부담스럽다.

떡보를 지나 창림정(국궁 활터)을 거쳐 고등학교 옆 숲속 길을 따라 집에 오면 50분이 소요된다. 이곳도 참 좋은 운동 코스다. 또한 창림정을 돌지 않고 직진하면 옛 반성역사가 나온다. 그곳에는 지금 역의 모습은 찾아보기 힘들고 휴식과 운동을 위한 공원으로 탈바꿈되어 있다.

♠7코스

자전거 타고 이반성까지 간다. 그 길 옆에 처가가 나온다. 아내가 매일 장인 어르신을 돌보고 있다. 아내는 사회복지사 자격과 요양보호사 자격을 갖추고 있기에 국가에서 지급하는 수당(가족을 돌보므로)을 받고 있다.

나는 어떤 때는 30여 분이 걸리는 거리지만 자전거를 타고 이반성을 향한다. 처가댁을 거쳐 조금만 더 올라가면 진주시와 함안군의 경계 지점이 나온다. 군북터널을 경계로 삼아 그곳까지 자전거 도로가 만들어져 있다.

옛 경전선 철로를 따라 조성된 자전거 전용도로이다. 기찻길이 KTX로 바뀌면서 옛 철길의 철로를 걷어내고 조성된 자전거 전용도로이다 보니 진주 시내(옛 진주역)에서 이곳까지 25㎞이므로 휴일에는 많은 사람이 자전거를 타고 왕래하고 있다.

이렇게 여러 곳의 운동 길을 스스로 만들어 놓고 이곳저곳을 지난 1년간 쉬지 않고 열심히 다녔다.

하나님께서는 우리 모두에게 아름다운 땅과 주변의 환경들을 주셨다. 그런데 이 환경들을 어떻게 사용하느냐에 따라 삶의 결과는 다르게 나타날 것이다.

나의 고향 반성 땅에는 10곳의 운동코스가 있다. 그러나 누구에게나 주어진 것은 아니다. 그 길을 어떻게 연결하고 어

떻게 사용하느냐에 따라 건강증진센터가 되고, 어떤 이에게
는 귀찮은 고갯길이 되고 마는 것이다.

땅뛰먼당 길을 내가 만든 것도 아니다. 옛 조상 적부터 반
성 땅에 적을 두고 사는 사람들은 누구나 쉼을 얻던 동네 언
덕이었다. 여름만 되면 바람 부는 그늘의 느티나무 밑에서 누
워 쉬기도 하며, 장기와 바둑도 배우고 어르신들의 재미있는
옛이야기도 듣던 곳이었다.

그러나 지금은 잡초가 무성하여 들어갈 수도, 누워 잘 수
도, 장기와 바둑은 생각조차도 할 수 없는 곳이 되고 말았다.

그러함에도 불구하고 그곳을 향해 오늘도 달려 올라간다.
오늘도 변함없이 내 고향 반성 땅 구리 부락을 둘러보고서는
나그넷길의 쉼터였던 곳까지 오른다. 쉼을 얻던 의자와 뽕나
무는 없지만 그곳에서 큰 숨을 몰아쉬고서는 신기부락으로
내려온다.

절로 가서 큰길로 집으로 돌아갈 것인가? 아니면 교회를 둘
러 좁은 골목길을 따라 집으로 갈 것인가 아내와 이야기를 나
눈다.

그 좁은 골목길은 주일학교 시절 친구들과 손 잡고 교회당
에 가던 그 골목길이다. 그때는 왜 그렇게도 먼 길이었고 힘
든 고갯길이었는지, 지금 그 길을 돌아 나오며 친구가 아닌
아내와 함께 웃으며 내려온다.

그 길은 지금은 동네가 텅텅 비어 사람들이 다니지 않는 빈 집만을 연결해 주는 좁은 골목길이다. 어린아이들의 웃음소리가 울려 퍼지던 그 길이 이젠 개 짖는 소리만 들릴 뿐 빈집만이 을씨년스럽게 우리를 맞이하고 있다.

그러나 지금 그 좁은 골목길은 아내와 내가 한 시간이라는 황금을 주고 건강과 바꾸는 생명의 길이 된 것이다.

아내는 당뇨를 앓은 지 40여 년이 되어간다. 지금은 새벽마다 깨워 같이 나가 걷기를 통해서 몸이 참 좋아졌다. 전에는 이 시간이 새벽기도 시간이었기에, 그때의 새벽은 영성 훈련의 시간이었지만, 이젠 은퇴하고 난 후 이런 시간에 매이지 않으므로 다른 한편으론 시원섭섭하기도 하다.

인생의 삶이란 다 때가 있는 것인가 보다. 똑같은 시간대이지만 전에는 기도할 때였다면 지금은 운동할 때가 되었듯이 말이다.

아내의 담당 의사는 "사모님이 목사님을 돌보아야 하는데, 목사님이 도리어 사모님을 돌보므로 몸이 이렇게 좋아졌네요." 하며 웃는다.

분명 하나님께서는 우리 모두에게 이렇게 아름다운 동산을 주셨는데 나는 지금 그 주신 동산을 어떻게 사용하고 있는가?

개 짖는 소리만 들리는 을씨년스러운 골목길인가? 아니면 한 시간의 황금을 투자하는 생명의 골목길인가?

걷기 운동—. 아무리 강조해도 지나치지 않은 치료법이다. 걷기 운동만 생활화해도 우리 사회는 더욱 건강해질 것을 확신하기에 나는 오늘도 걷는다.